Diese Persönliche Chronik ist für:

Das Buch vom 31. Oktober

Ein ganz besonderer Tag

... ein ganz besonderer Tag

Die Römer gaben ihrem achten Monat des Jahres den Namen mensis october (octo = acht). Erst im Zuge der Julianischen Kalenderreform im Jahre 46 v. Chr. trat der Oktober an die zehnte Stelle. Im immerwährenden Kalender sind für den 31. Oktober die Namenspatrone Burga, Christoph, Jutta und Wolfgang aufgeführt.
Über die Jahrhunderte gesehen, ereigneten sich am 31. Oktober viele wichtige und interessante Ereignisse. Einige Beispiele:

1517 veröffentlichte Martin Luther in Wittenberg seine 95 Thesen über den Ablaß. Auf diesen Schritt folgte die Reformation.
1833 gründete der evangelische Theologe Johann Hinrich Wichern in Horn nahe Hamburg das sog. Rauhe Haus als Erziehungsanstalt.
1888 erhielt der irische Tierarzt John Boyd Dunlop ein Patent auf den Luftreifen. Der neue Pneu verdrängte den bisher genutzten Vollgummireifen.

Zu den berühmten Geburtstagskindern des 31. Oktobers gehören u. a. der niederländische Maler Jan Vermeer (1632), der englische Dichter John Keats (1795) und der kambodschanische Prinz Norodom Sikanuk (1922).

Im Zeichen des Skorpions

24. Oktober bis 22. November

Der 31. Oktober liegt im letzten Drittel der ersten Skorpion-Dekade. Menschen, die in diesem Tierkreiszeichen geboren werden, besitzen in der Regel einen starken Willen, Neues zu schaffen. Generell zeichnen sie sich durch ein ausgeprägtes Selbstbewußtsein und gute Menschenkenntnis aus. Skorpione sind meist gesellige Menschen, die den sinnlichen Genüssen gegenüber offen sind. In der Liebe sind sie ihrem Partner auf ewig verbunden. Ihre Stärken sind die Ausdauer und die Ehrlichkeit. Dementsprechend bewältigen sie alle anfallenden Herausforderungen im beruflichen Alltag mit Bravour. So kann es nicht verwundern, wenn als Glückstein des Skorpions im allgemeinen der Granat gilt – ein Spiegelbild für Zähigkeit und Erfolg.

Während sich der männliche Skorpion eher durch Forscherdrang und Erfindungsreichtum auszeichnen soll – so wurde unter anderem der berühmte britische Seefahrer und Entdecker James Cook in diesem Sternzeichen geboren –, gilt die Skorpionin gemeinhin vor allem als künstlerisch begabt. So erblickten beispielsweise die spanische Sopranistin Victoria de los Angeles, die französisch-deutsche Schriftstellerin Claire Goll und die deutsche Schauspielerin Johanna von Koczian als Skorpione das Licht der Welt.

1900–1909

Highlights des Jahrzehnts

1900

- Weltausstellung in Paris
- Niederschlagung des Boxeraufstandes in China
- Uraufführung der Oper »Tosca« von Giacomo Puccini in Rom
- Probefahrt des ersten Zeppelins »LZ 1«

1901

- Die britische Königin Victoria stirbt
- Erste Nobelpreise verliehen
- Thomas Mann veröffentlicht die »Buddenbrooks«
- Mordattentat auf US-Präsident McKinley, Theodore Roosevelt wird Nachfolger

1902

- Beendigung des Burenkrieges in Südafrika
- Krönung Eduards VII. zum König von Großbritannien
- Inbetriebnahme der Transsibirischen Eisenbahn
- Kunstströmung »Jugendstil« auf dem Höhepunkt

1903

- Serbischer König Alexander I. ermordet
- Erste Tour de France
- Erster Motorflug der Brüder Wright
- Kampf der Suffragetten um das Frauenwahlrecht
- Margarethe Steiff präsentiert den »Teddy-Bären«

1904

- Hereroaufstand in Deutsch-Südwestafrika
- Beginn des Russisch-Japanischen Krieges
- Arthur Korn gelingt die erste Bildtelegraphie

1905

- Petersburger »Blutsonntag«
- Tangerbesuch Wilhelms II. führt zur Ersten Marokkokrise
- Albert Einstein entwickelt »Spezielle Relativitätstheorie«
- Künstlergemeinschaft »Die Brücke« wird gegründet

1906

- Revolutionäre Unruhen und erstes Parlament in Rußland
- Roald Amundsen duchfährt die Nordwestpassage
- Dreyfus-Affäre beigelegt
- Erdbeben verwüstet San Francisco

1907

- Pablo Picasso malt »Les Demoiselles d'Avignon« und begründet den Kubismus
- Erste Farbfotografien von Louis Jean Lumière

1908

- Ford baut Modell T (»Tin Lizzy«)
- Österreich-Ungarn annektiert Bosnien und Herzegowina
- Durchbruch der olympischen Idee bei Spielen in London
- 30 000 Jahre alte Statuette (Venus von Willendorf) gefunden

1909

- Robert E. Peary erreicht als erster Mensch den Nordpol
- Louis Blériot überfliegt den Ärmelkanal
- Unruhen in Persien: Schah Mohammed Ali dankt ab

◀ **Das Flatiron Building, New Yorks erster Wolkenkratzer (1902)**

Mittwoch 31. Oktober

Gesellschaft

Die Kriegsveteranen des Burenkriegs kehren aus Südafrika in ihr Heimatland Großbritannien zurück. Die britische Königin Viktoria erläßt eine Verordnung, die den Ex-Soldaten eine Erwerbsunfähigkeitsrente zubilligt. Ein großer Teil der Militärangehörigen ist infolge des Kriegseinsatzes arbeitsuntauglich oder zum Krüppel geworden. Durch die königliche Verordnung bekommen die Soldaten eine staatliche Entschädigung: Die Höhe der Pension beträgt umgerechnet 1,60 bis 3,60 Mark täglich, je nach Schwere der Verletzungen.

Gesellschaft

Der Oberbefehlshaber des britischen Heeres, Garnet Joseph Viscount Wolseley of Kairo, legt sein Amt als Feldmarschall nieder. Mehrere Politiker in London werfen ihm mangelhafte militärische Führung im Burenkrieg vor. Sein Nachfolger ist Feldmarschall Frederick Sleigh Roberts, der sich zur Zeit noch in Südafrika aufhält.

Wetter

Die Lufttemperaturen im Oktober 1900 liegen mit einem mittleren Wert von 10,0 °C über dem langjährigen Durchschnitt. Die Niederschlagsmenge ist relativ niedrig.

Donnerstag 31. Oktober

Politik

Der Konflikt zwischen dem Osmanischen Reich und Frankreich in der sog. Lorando-Tubine-Affäre eskaliert. Die Unstimmigkeiten setzten Ende August ein, als Konstantinopel sich weigerte, einem französischen Unternehmen die erkauften Rechte zur Nutzung der Hafenanlagen im heutigen Istanbul zu gewähren. Ein weiterer Streitpunkt ist die Anerkennung einer osmanischen Schuld bei französischen Gläubigern. Um die »Hohe Pforte« zum Einlenken zu bewegen, bricht jetzt ein französisches Geschwader in Richtung osmanische Gewässer auf.

Sport

Der Niederländer Piet Dickentman ist gemeinsam mit seinem Schrittmacher neuer Stundenweltrekordler. Er fährt in Leipzig 65,621 km und verbessert damit die alte Rekordmarke des deutschen Radprofis Thaddeus Robel um 109 Meter.

Stars der Jahre 1900–1909

Isadora Duncan
Tänzerin
Gustav Mahler
Komponist /Dirigent
Anna Pawlowa
Tänzerin
Sarah Bernhardt
Schauspielerin
Orville /Wilbur Wright
Flieger

Wetter

Einen warmen, sonnigen Oktober erleben die Menschen im Jahr 1901. Bei geringen Niederschlägen liegt die Durchschnittstemperatur bei 11,4 °C.

Freitag 31. Oktober

Rekorde 1900–1909

400 m: Maxey Long (USA) – 47,8 sec (1900)
Weitsprung: Peter O' Connor (IRL) – 7,61 m (1901)
Stabhochsprung: Walter Dray (USA) – 3,90 m (1908)
Kugelstoßen: R. Rose (USA) – 15,56 m (1909)

Kultur

Die Mitglieder der Brandenburgischen Provinzialsynode der evangelischen Kirche fordern in Berlin, daß »die theologischen Lehrstühle nicht nur von guten Wissenschaftlern besetzt werden, sondern von Männern, die vor allem im festen Glauben zur Kirche stehen«.

Gesellschaft

Zum Ende der Fahrradsaison sinken die Verkaufspreise rapide. Die steigenden inländischen Produktionszahlen machen das Rad für breite Schichten erschwinglich. Ein durchschnittliches Modell kostet jetzt zwischen 150 und 200 Mark, vorher mußten Kaufwillige bis zu 600 Mark kalkulieren. Auch das Erlernen des Radfahrens wird zunehmend erleichtert. Spezielle »Fahrradschulen« vermitteln ihr Fachwissen gegen eine Gebühr.

Wetter

Trotz eines durchschnittlich recht kühlen Oktobers kann die deutsche Bevölkerung mit der Witterung zufrieden sein. Im Vergleich zur mittleren Niederschlagsmenge fällt nur wenig Regen.

Samstag 31. Oktober

Kultur

Im Deutschen Theater in Berlin findet die Uraufführung des Schauspiels »Rose Bernd« statt. Eine Voraufführung des Gerhart-Hauptmann-Stückes fand schon am 23. Oktober ein begeistertes Publikum.

Kultur

Einer der größten Zeitungsverlage im Deutschen Reich, der Ullstein-Verlag, gründet in Berlin seinen ersten Buchverlag. Leiter Emil Herz plant als erste Publikation die Herausgabe einer sechsbändigen Weltgeschichte. Bei der redaktionellen Gestaltung wird besonderes Augenmerk gelegt auf ausreichende Illustration sowie volkstümliche, aber dennoch exakte Formulierung. Des weiteren will der Verlag im Bereich der Unterhaltungsliteratur Akzente setzen. Zum erstenmal in Deutschland bringt Ullstein Romane und Erzählungen als Markenartikel in den Handel – »Das Ullstein-Buch für eine Mark« soll sich zum Verkaufsschlager entwickeln.

Wetter

Bei einer durchschnittlichen Lufttemperatur von 10,1 °C zeigt sich das Wetter im Oktober 1903 gemessen am langjährigen Vergleichswert (8,8 °C) recht freundlich. Allerdings regnet es häufig.

Montag 31. Oktober

Kultur

Auf dem ersten deutschen Synodaltag in Worms beklagen einige Teilnehmer den schwindenden Einfluß des Protestantismus auf das öffentliche Leben im Reich. Der katholische Ultramontanismus und die Sozialdemokratie beeinflußten dagegen in steigendem Maße die Meinung der Mehrheit der Bevölkerung. Um dieser negativen Entwicklung entgegentreten zu können, sei eine verstärkte Aktivierung des Gemeindelebens notwendig.

Preise in den Jahren 1900–1909

1 kg Butter	2,46
1 kg Mehl	0,35
1 kg Fleisch	1,55
1 Ei	1,05
1 l Vollmilch	1,00
10 kg Kartoffeln	0,65

in Mark, Stand 1905

Politik

Zu lautstarken Protesten und Schlägereien unter den Abgeordneten kommt es im spanischen Parlament. Ursache ist der Antrag der Regierung, ihr die Genehmigung zu erteilen, 26 oppositionelle Parlamentarier strafrechtlich zu verfolgen. Die Opposition versucht, die Behandlung des Antrages durch Obstruktion zu verhindern.

Wetter

Das Wetter im Oktober 1904 ist recht angenehm und wenig regnerisch. Die durchschnittliche Temperatur liegt bei 9,3°C.

Dienstag 31. Oktober

Kultur

Im Pariser Herbstsalon läuft eine mehrtägige Ausstellung der sogenannten »Wilden«. Neben anderen Künstlern stellen die Maler Henri Matisse, Raoul Dufy und André Derain ihre Werke aus. Gemeinsam ist ihnen, daß sie alle in einem neuen, kraftvollen Stil gefertigt sind, der sich durch die Betonung der Farben und der Umrisse auszeichnet. Erstmals verwendete der Pariser Kunstkritiker Louis Vaux celles für diese künstlerische Stilrichtung den Begriff »fauves« (die Wilden).

Politik

Als Reaktion auf das gestern von Zar Nikolaus II. erlassene sog. Oktobermanifest gründet sich in Petersburg die konstitutionell-demokratische »Partei der Volksfreiheit«. Nach dem Generalstreik versprach der russische Monarch im Oktobermanifest eine umfassende Demokratisierung des Landes. So sollen bürgerliche Grundrechte gewährt werden, darüber hinaus wird der Zusammentritt einer gesetzgebenden Nationalversammlung (Reichsduma) angekündigt.

Wetter

Ein Kälteeinbruch und heftige Regenfälle bestimmen im Oktober 1905 das Wetter in Deutschland.

Mittwoch 31. Oktober

»Freie Fortbildungskurse für Arbeiter« bietet die sozialwissenschaftliche Abteilung der Technischen Hochschule in Charlottenburg bei Berlin an. Die viermonatigen Kurse an der Universität kosten jeweils 15 Pfennig. Auf dem Lehrplan stehen Schreiben, Rechnen, moderne Literatur und Gesundheitslehre.

Kultur

In der französischen Hauptstadt Paris wird die Oper »Ariane« von Jules Massenet uraufgeführt. Das Premierenpublikum feiert die Inszenierung mit mehreren Vorhängen.

Gesellschaft

Auf dem Berliner Schlachthof erreichen die Viehpreise eine neue Rekordhöhe. Der Preis für Lammfleisch liegt jetzt 25,5 % über dem Vorjahr. Bedingt durch die Schutzzollpolitik des Deutschen Reichs können die Landwirte auf ein wirtschaftlich zufriedenstellendes Jahr zurückblicken. Insbesondere an der immensen Fleischteuerung verdienen die Bauern überdurchschnittlich gut. Eine Öffnung der Grenzen für Vieh und Futtermittel lehnen die Großagrarier ab.

Wetter

Deutschland erlebt einen goldenen Herbst im Oktober 1906. Eine durchschnittliche Lufttemperatur von 10,0 °C und eine Niederschlagsmenge von 22,6 mm (langjähriger Vergleichswert: 58 mm) lassen den nahenden Winter in Vergessenheit geraten.

Donnerstag 31. Oktober

Gesellschaft

Nach Berichten aus der Stadt Saloniki nehmen die Unruhen durch die nationalistische Guerilla in Makedonien immer mehr zu. Griechische Rebellen sollen in der Stadt Klepusna elf wohlhabende bulgarische Bauern ermordet haben. Makedonien gehört seit dem 14. Jahrhundert zum Osmanischen Reich. Die innenpolitischen Konflikte resultieren aus dem Kampf der nationalen Minderheiten (Serben, Griechen, Bulgaren) um politische Souveränität.

Gesellschaft

Die Kriminalität im Deutschen Reich ist seit 1902 insgesamt stark zurückgegangen. Hingegen nahm die Kinder- und Jugendkriminalität seit 1882 um 26% zu. Allein im Jahr 1905 sind mehr als 10000 Kinder unter 14 Jahren zu Gefängnisstrafen verurteilt worden. Fachleute sind der Ansicht, daß der Zuwachs in direktem Zusammenhang mit der Kinderarbeit steht. Auch diese habe in den vergangenen Jahren weiter zugenommen und führe offensichtlich bei den Jüngsten zu einer »Verwahrlosung der gesellschaftlichen Normen«.

Wetter

Sonnenschein und trockene Tage bestimmen das Wetter im Oktober 1907.

Samstag 31. Oktober

Politik

Die »Norddeutsche Allgemeine Zeitung« bringt über das Kaiser-Interview im »Daily Telegraph« eine halbamtliche Mitteilung, die besagt, daß Reichskanzler Bernhard Fürst von Bülow das Manuskript des Artikels trotz der Bitte des Monarchen um Begutachtung nicht gegengelesen hat. Der Abdruck des als Interview konzipierten Artikels über die deutsch-britischen Beziehungen am 28. Oktober löste im In- und Ausland einen Sturm der Entrüstung aus und führt in Berlin zu einer schweren Regierungskrise, in deren Verlauf Reichskanzler von Bülow um seinen Abschied bittet.

»Linie ohne Bauch«: Das Korsett, ein modisches Muß für die elegante Frau

Gesellschaft

Jagd- und Fotosafaris in den Kolonien sind die Urlaubsziele wohlhabender Europäer. Nach Angaben der französischen Zeitung »L'Illustration« kostet dieses mehrtägige »Vergnügen mit Abenteuerromatik« um die 70000 Mark.

Wetter

Bei einer recht milden Durchschnittstemperatur regnet es den ganzen Oktober 1908 fast gar nicht.

Sonntag 31. Oktober

Gesellschaft

Ägypten verlängert den Vertrag mit der internationalen Sueskanal-Gesellschaft über die Nutzung der Wasserstraße bis zum Jahre 2008. Ab 1969 soll der Erlös zwischen Ägypten und der Gesellschaft zur Hälfte aufgeteilt werden.

Gute Figur in Sakkoanzug und Wettermantel: Die Mode für den Herrn

Gesellschaft

Der »Bund der Festbesoldeten« gründet sich in Berlin. Nach eigenen Angaben hat die Organisation die Aufgabe, die wirtschaftlichen und politischen Interessen der Staats- und Kommunalbeamten sowie der Lehrer wahrzunehmen. Der Vorstand der Interessenvertretung bemängelt insbesondere, daß die Beamtenbezüge in den letzten Jahren kaum angehoben worden seien – Arbeiter und Angestellte hätten dagegen ihre Lohnforderungen im Zuge des Wirtschaftsaufschwunges durchsetzen können.

Wetter

Mit einer milden herbstlichen Durchschnittstemperatur von 11,7 °C und geringen Niederschlägen zeigt der Oktober 1909 ein freundliches Gesicht.

1910–1919

Highlights des Jahrzehnts

1910

- Georg V. wird nach dem Tod Eduards VII. britischer König
- Der Halleysche Komet passiert die Erde
- Bürgerliche Revolution beendet Monarchie in Portugal
- Wassily Kandinsky begründet die abstrakte Malerei
- Sieg des Schwarzen Jack Johnson bei Box-WM

1911

- Bürgerkrieg in Mexiko
- »Panthersprung nach Agadir« löst Zweite Marokkokrise aus
- Militärputsch leitet chinesische Revolution ein
- Roald Amundsen gewinnt den Wettlauf zum Südpol

1912

- Erster Balkankrieg
- Woodrow Wilson wird 28. US-Präsident
- Untergang der »Titanic«
- Büste der ägyptischen Königin Nofretete gefunden

1913

- Zweiter Balkankrieg
- Niels Bohr entwirft neues Atommodell
- Größter Bahnhof der Welt (Grand Central Station) in New York eingeweiht

1914

- Österreichs Thronfolger in Sarajevo ermordet
- Ausbruch des Ersten Weltkrieges
- Eröffnung des Panamakanals

1915

- Stellungskrieg im Westen
- Beginn der Ostoffensive
- Charlie Chaplin wird mit »Der Tramp« Star des US-Kinos
- Versenkung der »Lusitania« durch ein deutsches U-Boot

1916

- Schlacht um Verdun
- Osteraufstand in Irland niedergeschlagen
- Seeschlacht vor dem Skagerrak
- Der österreichische Kaiser Franz Joseph I. stirbt
- Rasputin ermordet

1917

- Beginn des uneingeschränkten U-Boot-Krieges
- Zar Nikolaus II. dankt ab
- Oktoberrevolution in Rußland

1918

- US-Präsident Wilson verkündet 14-Punkte-Programm zur Beendigung des Krieges
- Russische Zarenfamilie ermordet
- Waffenstillstand von Compiègne beendet Ersten Weltkrieg
- Novemberrevolution: Kaiser Wilhelm II. dankt ab, Philipp Scheidemann ruft die deutsche Republik aus

1919

- Spartakusaufstand niedergeschlagen
- Rosa Luxemburg und Karl Liebknecht ermordet
- Friedrich Ebert erster Reichspräsident
- Versailler Vertrag

◀ Schöne Spionin in deutschem Auftrag: Mata Hari wird 1917 erschossen

Montag 31. Oktober

Gesellschaft

Der frühere portugiesische Diktator João Franco wird gegen Kaution aus der Untersuchungshaft entlassen. Franco ist am Vortag verhaftet worden und wird beschuldigt, die Schulden König Karls mit Krongütern beglichen und die Ausübung von Landesgesetzen boykottiert zu haben.

Gesellschaft

Aus Teheran wird die Landung des britischen Kreuzers »Fox« in der persischen Hafenstadt Lingeh gemeldet. Nach Mitteilung der Regierung in London sollen die Marinestreitkräfte britische Staatsangehörige vor einem Überfall rebellischer Stämme schützen. Seit Jahren wird Persien von revolutionären Unruhen erschüttert. Arbeiter- und Bauernräte (Endschumene) fordern die Aufteilung des Großgrundbesitzes sowie eine eigenständige nationale Politik ohne Abhängigkeit vom Ausland. Im Juli letzten Jahres übernahmen die Rebellen die Regierungsgewalt in Teheran und setzten den in die russische Botschaft geflüchteten Schah ab.

Wetter

Mit Sonne und Temperaturen um 9,5 °C zeigt sich das Wetter im Oktober 1910 überwiegend von seiner freundlichen Seite.

Dienstag 31. Oktober

Gesellschaft

Wolffs Telegraphisches Korrespondenz-Büro in Berlin dementiert, daß Kaiser Wilhelm II. geäußert hätte, der Islam könne sich zu einer Gefahr für die deutschen Kolonien entwickeln. Vielmehr habe der deutsche Monarch darauf hingewiesen, daß die christlichen Missionare mit ebensolchem Eifer vorgehen müßten wie die der Moslems.

Rekorde 1910–1919

Schwimmen: H. Hebner (USA) – 1:20,8 min/100 m Rücken (1912)
100 m: Nina Popowa (RUS) – 13,1 sec (1913)
Hochsprung: C. Larson (USA) – 2,03 m (1917)
Speerwerfen: Jonni Myyrä (FIN) – 66,10 m (1919)

Gesellschaft

König Viktor Emanuel III. von Italien stiftet 100000 Lire für die Angehörigen der im italienisch-türkischen Tripoliskrieg Gefallenen und Verwundeten. Die militärischen Auseinandersetzungen begannen Ende September. Geologen vermuten in diesem Teil Nordafrikas reiche Vorkommen an Metallen, Schwefel und Phosphaten. Bislang steht Tripolis unter osmanischer Verwaltung.

Wetter

Im Oktober 1911 treten bei noch recht milden Durchschnittstemperaturen von 9,5 °C vereinzelte Niederschläge auf.

Donnerstag 31. Oktober

Politik

Der britische Außenminister Edward Grey versichert den Abgeordneten des Unterhauses, daß Großbritannien auch weiterhin an der Aufrechterhaltung des Status quo auf dem Balkan interessiert sei. Seit Anfang des Monats wird der Balkan von kriegerischen Auseinandersetzungen zwischen den im sog. Balkanbund zusammengeschlossenen Staaten und dem Osmanischen Reich erschüttert. Der militärische Konflikt wird in den Hauptstädten der Großmächte mit Sorge beobachtet.

Die Herrenkleidung wird sportlicher. Dazu gehört der weiche Hut

Politik

Der US-amerikanische Präsidentschaftskandidat Theodore Roosevelt greift wieder in den Wahlkampf ein. Der Führer der Fortschrittspartei war vor mehr als zwei Wochen in Milwaukee von einem Anarchisten angeschossen worden.

Wetter

Der Oktober 1912 präsentiert sich mit Durchschnittstemperaturen von 7,7 °C, die deutlich unter dem langjährigen Mittelwert liegen.

Freitag 31. Oktober

Gesellschaft

Die diesjährige Hofjagd führt den deutschen Kaiser Wilhelm II. mit seinen bevorzugten Jagdfreunden Herzog Ernst Günther von Schleswig-Holstein und Erzherzog Franz Ferdinand zusammen. Das zweitägige Spektakel findet in der wildreichen Göhrde im Osten der Lüneburger Heide statt.

Das praktische Sportkleid für die Jagd und für Bergtouren

Technik

Ein Justus-von-Liebig-Denkmal wird in Darmstadt enthüllt. Die Statue ist von der deutschen und ausländischen Chemie-Industrie gestiftet worden. Verdienste erwarb sich der 1803 in Darmstadt geborene Chemiker u.a. durch die Einführung der Mineraldüngung. Liebig erzielte auf allen Gebieten der Chemie grundlegende Erkenntnisse. Seine Entdeckung der neuen Stoffe Chloroform und Chloral fanden weltweite Beachtung.

Wetter

Mit einer angenehmen Durchschnittstemperatur von 10,1 °C und seltenen Niederschlägen sorgt der Oktober 1913 für niedrige Heizkosten.

Samstag 31. Oktober

Politik

Das von deutschen Truppen besetzte lothringische Erz-Becken Longwy-Brie wird unter deutsche Verwaltung gestellt. Die Annexion der französischen Rohstoffvorkommen zählt zu den wichtigsten Kriegszielen des Reiches an der Westfront. Bereits im sog. September-Programm nahm Reichskanzler Theobald von Bethmann Hollweg zu dieser Frage Stellung, im August wurde der preußische Innenminister angewiesen, Informationen über die Ausdehnung der französischen Erzvorkommen Berlin zur Verfügung zu stellen.

Die Zentralstelle für Volkswohlfahrt in Berlin beweist vorausschauendes Denken. Da man aufgrund des Krieges mit Bevölkerungsverlusten rechnen muß, betont die Zentralstelle auf einer Konferenz, daß durch eine nur geringe Steigerung der ehelichen Fruchtbarkeit ein Ausgleich geschaffen werden könnte.

Politik

Großbritannien, Frankreich und Rußland lösen ihre jeweiligen diplomatischen Vertretungen in Konstantinopel auf. Am 29. Oktober gab die Regierung des Osmanischen Reiches bekannt, daß sie an der Seite der Mittelmächte in den Krieg eintritt.

Wetter

Eine niedrige Durchschnittstemperatur von 8,8 °C und vereinzelte Niederschläge bestimmen das Wetter im Oktober 1914.

Sonntag 31. Oktober

Sport

Erstmals seit Ausbruch des Weltkriegs findet in Berlin ein Trabrennen statt. Das Deutsche Traber-Derby auf der Bahn Mariendorf gewinnt die dreijährige Stute Pech überlegen mit einem Vorsprung von fünf Längen.

Gesellschaft

Ein halbamtlicher Artikel in der »Norddeutschen Allgemeinen Zeitung« rechtfertigt die deutschen Luftangriffe auf britische Städte. Diese seien eine angemessene Vergeltung für die britische Seeblokkade, die zur Lebensmittelknappheit beitrage.

Gesellschaft

Nach einer Schätzung der Zentrale für Volkswohlfahrt beträgt die Zahl der Alkoholkranken im Deutschen Reich 300000 bis 400000. Schon im Mai wies die Kriegskonferenz der Trinkerfürsorge auf den steigenden Alkoholmißbrauch hin.

Wetter

In Deutschland wird es merklich kühler. Mit Temperaturen unter dem langjährigen Mittelwert und häufigen Niederschlägen ist der Oktober 1915 eher unfreundlich.

Dienstag 31. Oktober

Politik

Italienische Verbände eröffnen die 9. Isonzo-Schlacht gegen Österreich-Ungarn. Die Offensive muß am 4. November trotz zahlenmäßiger Überlegenheit abgebrochen werden. Die militärischen Auseinandersetzungen am Isonzo begannen am 23. Juni 1915.

Preise in den Jahren 1910–1919

1 kg Butter	2,74
1 kg Mehl	1,90
1 kg Fleisch	3,00
1 Ei	0,13
1 l Vollmilch	0,25
10 kg Kartoffeln	3,30
Stundenlohn	0,66

in Mark, Stand 1913

Gesellschaft

Für den Kauf von Herren- oder Damenoberbekleidung werden im Deutschen Reich erstmalig Bezugsscheine ausgegeben.

Gesellschaft

Im Deutschen Reich endet die Frist zur Anmeldung des deutschen und ausländischen Wertpapierbesitzes. Bei Nichteinhaltung muß mit dreimonatiger Haft oder mit einem Bußgeld in Höhe von 1500 Mark gerechnet werden.

Wetter

Milde Durchschnittstemperaturen von 9,4 °C, die über dem langjährigen Mittelwert von 8,8 °C liegen, werden durch häufige Regenfälle beeinträchtigt.

1917

Mittwoch 31. Oktober

Gesellschaft

In der Universität Dublin stören irische Studenten die Promotionsfeiern. Sie demonstrieren für die Unabhängigkeit Irlands und die politischen Ziele der Sinn Féin (Nationalistische Partei Irlands). Die irischen Nationalisten fordern die Anerkennung ihres Landes als souveräne Republik und gleichzeitig eine Volksabstimmung über das Ende der britischen Herrschaft auf der Insel.

Kultur

Der 19jährige Bertolt Brecht schreibt sich an der Münchener Universität als Student ein. Sein Medizinstudium wird allerdings durch die Einberufung zum Wehrdienst unterbrochen.

Kultur

In Norwegen erscheint der Roman »Segen der Erde« des Dichters Knut Hamsun.

Wetter

Im Unterschied zur mittleren Temperatur von 8,8 °C, die genau dem langjährigen Mittelwert entspricht, liegt die Niederschlagsmenge im Oktober 1917 mit 96 mm weit über dem langjährigen Durchschnitt von 58 mm.

Donnerstag 31. Oktober

Gesellschaft

Der ehemalige ungarische Ministerpräsident István Graf Tisza wird in seiner Wohnung in Budapest von revolutionären Soldaten erschossen. Tisza mußte 1917 von seinem Amt zurücktreten, nachdem es zu schweren Unstimmigkeiten zwischen ihm und Kaiser Karl I. kam. Graf Tisza hatte sich in seiner Amtszeit einer von Kaiser Karl I. gewünschten Wahlrechtsreform vehement widersetzt. Die Pläne Wiens sahen vor, daß bedeutend mehr Ungarn als früher das Wahlrecht zugestanden werden sollte.

Stars der Jahre 1910–1919

David Wark Griffith
Filmregisseur
Mary Pickford
Filmschauspielerin
Enrico Caruso
Sänger
Douglas Fairbanks
Filmschauspieler
Charlie Chaplin
Filmschauspieler

Gesellschaft

Die sozialdemokratische Zeitung »Vorwärts« fordert Kaiser Wilhelm II. auf, angesichts der Niederlage Deutschlands im Weltkrieg zurückzutreten und den Weg freizumachen für ein echtes parlamentarisch-demokratisches System im Reich.

Wetter

Im Oktober 1918 entsprechen die Temperaturen mit 8,8 °C erneut genau dem langjährigen Mittelwert. Es regnet nur wenig.

1919

Freitag 31. Oktober

Politik

Auf Druck der alliierten Siegermächte verfügt der deutsche Reichskolonialminister Johannes Bell (Zentrum) die Auflösung der deutschen Truppen in Deutsch-Ostafrika und Deutsch-Südwestafrika. In einem Erlaß gibt Bell der Hoffnung Ausdruck, daß »der stolze Glanz und das achtunggebietende Ansehen des deutschen Namens in fernen Erdteilen dereinst wieder in hellerem Lichte erstrahlen« werde.

Gesellschaft

Nach Angaben des Reichsfinanzministeriums belaufen sich die Schulden Deutschlands auf 204 Milliarden Mark. Diese Rekordsumme wird sich wegen der anfallenden Zinszahlungen bis zum 1. April des kommenden Jahres auf voraussichtlich 212 Milliarden Mark erhöhen. In den Berechnungen werden allerdings nicht die Zahlungen berücksichtigt, die sich aus den Reparationsforderungen im Versailler Friedensvertrag ergeben.

Wetter

Kühle Temperaturen von durchschnittlich 7,2 °C und eine für den Monat Oktober überdurchschnittliche Niederschlagsmenge stimmen die Deutschen im Jahr 1919 schon auf die zu erwartenden kalten Wintertage ein.

1920-1929

Highlights des Jahrzehnts

1920

Prohibition: Alkoholverbot in den USA
NSDAP verabschiedet ihr Programm
Kapp-Putsch scheitert
Erstmals Salzburger Festspiele

1921

Alliierte besetzen das Rheinland
Hitler wird NSDAP-Vorsitzender
Hormon Insulin entdeckt
Rudolph Valentino wird Frauenidol
Vertrag von Sèvres bedeutet Ende des Osmanischen Reichs

1922

Hungersnot in Rußland
»Deutschlandlied« wird zur Nationalhymne erklärt
Mussolinis Marsch auf Rom
Gründung der UdSSR
Grab des Tutanchamun entdeckt
Deutsch-russische Annäherung durch Vertrag von Rapallo
Gründung der BBC
Johnny Weissmuller stellt über 100 m Kraul den ersten seiner 67 Weltrekorde auf (58,6 sec)

1923

Franzosen besetzen Ruhrgebiet
Hitlers Putschversuch scheitert
Währungsreform beendet Inflation im Deutschen Reich
Die Türkei wird Republik

1924

Erstmals Olympische Winterspiele
Revolutionsführer Lenin stirbt
Dawes-Plan lockert finanzielle Zwänge für Deutschland
VIII.Olympische Spiele: Läufer Paavo Nurmi gewinnt 5 Goldmedaillen

1925

- Einparteiendiktatur in Italien
- Neugründung der NSDAP
- Hindenburg wird nach dem Tod Eberts Reichspräsident
- Europäische Entspannung durch Locarno-Pakt
- Josephine Baker wird im Bananenröckchen zum Weltstar

1926

- Japans Kaiser Hirohito besteigt den Thron
- Militärputsch Pilsudskis in Polen
- Walt Disneys Mickey Mouse erblickt das Licht der Welt
- Deutschland im Völkerbund

1927

- Stalin entmachtet politische Gegner
- Charles Lindbergh überfliegt den Atlantik
- Uraufführung des Films »Metropolis« von Fritz Lang

1928

- Briand-Kellogg-Pakt zur Kriegsächtung unterzeichnet
- Alexander Fleming entdeckt das Penicillin
- »Dreigroschenoper« von Brecht und Weill uraufgeführt
- Erste Transatlantik-Fluglinie

1929

- Youngplan regelt Reparationen
- »Schwarzer Freitag« in New York löst Weltwirtschaftskrise aus
- Erste Oscar-Verleihung in Hollywood
- Antikriegs-Roman »Im Westen nichts Neues« von Erich Maria Remarque

Lebenslust pur: Joséphine Baker, Sinnbild der »wilden« 20er

Sonntag 31. Oktober

Gesellschaft

Bei einer Volksabstimmung in der Schweiz befürworten die stimmberechtigten Eidgenossen mehrheitlich die Einführung des Achtstundentages beim Eisenbahnpersonal, bei der Post und beim Telegrafen- und Telefonbetrieb.

Politik

Die belgischen Sozialisten beschließen auf ihrem zweitägigen Kongreß in Brüssel, weiterhin in der sozialistischen Zweiten Internationalen zu verbleiben. Die Zweite Internationale grenzt sich ideologisch zu den Kommunisten und der am 19. Juli gegründeten Kommunistischen Internationale ab.

Politik

Bedeutende Stimmengewinne bei den britischen Kommunalwahlen verzeichnen die Labour Party und die Unabhängigen Liberalen. Die liberal-konservative Regierungskoalition muß Mandatsverluste hinnehmen.

Wetter

Mit einer durchschnittlichen Lufttemperatur von lediglich 6,4 °C zeigt der Oktober 1920 ein eher unfreundliches Gesicht.

Montag 31. Oktober

Politik

Die Botschaftskonferenz der Alliierten in Paris fordert die ungarische Regierung auf, die Entthronung der Habsburger gesetzlich festzuschreiben, da Ex-Kaiser Karl I. von Österreich, als Karl IV. auch König von Ungarn, mehrmals versucht habe, die Regierungsgewalt wieder aufzunehmen. Beim zweiten Versuch des Habsburgers am 21. Oktober wurde der Monarch mit seiner Familie von ungarischen Regierungstruppen festgenommen. Anfang November wird der Ex-Kaiser nach Madeira in die Verbannung geschickt.

Kultur

Am Berliner Luisen-Theater wird das Schauspiel »Vom anderen Ufer« von Hedwig Courths-Mahler uraufgeführt. Das Premierenpublikum feiert die Inszenierung mit mehreren Vorhängen.

Stars der 20er Jahre

Buster Keaton
Filmschauspieler
Johnny Weissmuller
Schwimmer
Rudolph Valentino
Filmschauspieler
Joséphine Baker
Tänzerin
Charles Lindbergh
Flieger

Wetter

Milde Temperaturen von durchschnittlich 10,3 °C bestimmen das Wetter im Oktober 1921. Allerdings müssen die Regenschirme häufig hervorgeholt werden, da es oft zu anhaltenden Regenfällen kommt.

Dienstag 31. Oktober

Gesellschaft

Die sowjetrussische Sicherheitsorganisation Tscheka erhält von der Moskauer Regierung wieder das Recht, Todesstrafen zu verhängen sowie Bürger zur Deportation zu verurteilen. Die Tscheka wurde 1917 als außergerichtliche Organisation zum Schutz der jungen Republik gegründet. Sie kämpfte primär gegen Sabotage und Konterrevolution. Im Februar beschloß die politische Führung der Sowjetunion die Auflösung, ihre Aufgaben übernahm das Volkskommissariat für Inneres.

Verkehrssünder in der US-amerikanischen Stadt River Rouge bei Detroit werden neuerdings zu Straßenbauarbeiten herangezogen. So müssen zum Beispiel Schnellfahrer in einer speziellen Uniform, die sie als »City Prisoner« kennzeichnet, leichte Reparaturarbeiten an Straßendecken und Bordsteinen ausführen.

Politik

Die Verhandlungen zwischen dem deutschen Reichskanzler Joseph Wirth (Zentrum) und den alliierten Bevollmächtigten der Reparationskommission finden in Berlin statt. Während der Gespräche steigt der Wechselkurs des Dollars von 4600 auf 9000 Mark.

Wetter

Im Oktober 1922 liegt die mittlere Lufttemperatur mit 5,0 °C fast 4 °C unter dem langjährigen Durchschnittswert.

Mittwoch 31. Oktober

Politik

Nach dem erzwungen Rücktritt der sächsischen Regierung wählt der Landtag den Sozialdemokraten Karl Fellisch zum neuen Ministerpräsidenten. Der kommunistische Aufruf zum Generalstreik findet in der Bevölkerung keinen Widerhall. Reichspräsident Friedrich Ebert (SPD) ermächtigte am 29. Oktober die Reichsregierung zur sog. Reichsexekution gegen Sachsen. Die Dresdener Koalition aus SPD und KPD wurde abgesetzt, Rudolf Henze als Reichskommissar für Sachsen eingesetzt. In den Tagen zuvor befürchtete Berlin einen kommunistischen Umsturzversuch und forderte Ministerpräsident Erich Zeigner (SPD) ultimativ auf, die KPD-Minister zu entlassen.

Gesellschaft

Die Arbeitslosigkeit im Deutschen Reich steigt rapide an. Nach neuesten Angaben liegt sie bei 19,1%, im September waren nur 9,9% der erwerbsfähigen Bevölkerung ohne Arbeit. Hauptgünde sind Wirtschaftskrise und galoppierende Inflation.

Wetter

Eine durchschnittliche Lufttemperatur von 10,5 °C geht im Oktober 1923 einher mit einer Niederschlagsmenge von 69 mm.

Freitag 31. Oktober

Tiefe Taille und schmale Silhouette: Mode im Zeichen von Art déco

Kultur

Die Aufführung von Eugene O'Neills Stück »Der haarige Affe« im Schauspielhaus Köln erregt allgemeine Aufmerksamkeit. Seit Monaten öffnen sich die Theaterbühnen Deutschlands immer mehr ausländischen Autoren. Neben den Stücken des US-Amerikaners O'Neill werden in diesem Jahr auch Stücke von Paul Claudel, John Millington Synge und Luigi Pirandello zur Aufführung gebracht.

Politik

Die Deutschnationale Volkspartei (DNVP) tritt in einem Aufruf für die Reichstagswahlen Anfang Dezember für die Einführung einer konstitutionellen Erbmonarchie ein. Des weiteren verlangt die konservative Gruppierung die »Beseitigung der Alleinherrschaft des Parlamentarismus« im Deutschen Reich.

Wetter

Mit durchschnittlich 10,2 °C und nur selten auftretenden Regenfällen präsentiert sich der Oktober 1924 in Deutschland von seiner angenehmen Seite.

Samstag 31. Oktober

Politik

Das persische Parlament in Teheran beschließt die Absetzung des Staatsoberhaupts Ahmad Schah. Damit endet die Dynastie der Kadscharen, die seit 1794 an der Macht waren. Der ehemalige Kosakenoffizier und Kriegsminister Resa Pahlawi soll vorläufig das Amt des Schahs übernehmen.

Gesellschaft

Die Internationale Kochkunstausstellung in Frankfurt am Main trifft nach Angaben der Organisatoren auf überragendes Besucherinteresse.

Vornehm und doch lässig: Burberry aus imprägniertem Baumwollstoff

Politik

Die Konservativen können in Kanada bei den Parlamentswahlen bedeutende Stimmengewinne gegenüber der Fortschrittspartei verbuchen. Wirtschaftskrise und Inflation sind für den Erfolg verantwortlich.

Wetter

Im Oktober 1925 wird das Wetter von einer mittleren Lufttemperatur von 8,5 °C bestimmt. Sie liegt knapp unter dem langjährigen Mittelwert.

Sonntag 31. Oktober

Gesellschaft

In Bologna entgeht der italienische Ministerpräsident und Duce Benito Mussolini erneut einem Attentat. Der erst 15 jährige Täter Anteo Zamboni versucht, mit einem Revolver den im fahrenden Auto sitzenden Mussolini zu erschießen. Die aufgebrachte Menschenmenge lyncht den Attentäter. Die faschistische Regierung in Rom nimmt den Vorfall zum Anlaß, die politische Opposition des Landes auszuschalten und endgültig eine diktatorische Herrschaft zu errichten.

Gesellschaft

Da Schweizer Frauen immer weniger gewillt sind, die harte und schlecht bezahlte Arbeit als Dienstmädchen anzunehmen, kommt es zu einem zunehmenden »Import« dienstbarer Geister bei den Eidgenossen. Besonders beliebt sind deutsche Mädchen, da sie bereitwillig und fleißig für ihre Arbeitgeber tätig sind und nicht über den kargen Lohn klagen.

Wetter

Eine kühle Durchschnittstemperatur von 7,6 °C und häufige Niederschläge lassen den Oktober 1926 als einen insgesamt eher unfreundlichen Monat erscheinen.

Montag 31. Oktober

Gesellschaft

Auf dem traditionellen Jahresfestessen der Dresdener Kaufmannschaft zum Reformationsfest spricht Reichsaußenminister Gustav Stresemann. Hauptthema seiner Rede ist die angeblich zu großzügige Ausgabenpolitik der deutschen Städte und Gemeinden. Nach seiner Meinung trägt die »Verschwendungssucht« der Gebietskörperschaften maßgeblich zur künstlichen Aufheizung der Konjunktur bei.

Preise in den 20er Jahren

1 kg Butter	3,60
1 kg Mehl	0,50
1 kg Fleisch	2,50
1 Ei	0,20
10 kg Kartoffeln	0,80
Stundenlohn	0,93

in RM, Stand 1926 (ohne Inflationsjahre)

Kultur

Im Deutschen Schauspielhaus in Hamburg wird das politisch-agitatorische Theaterstück »Die Petroleuminsel« von Lion Feuchtwanger uraufgeführt. Das Drama thematisiert die Aufteilung der Welt unter den großen Ölgesellschaften symbolhaft an der vordergründigen Handlung um eine starke, aber häßliche Frau.

Wetter

Der Oktober 1927 zeigt sich von einer recht angenehmen Seite. Milde Temperaturen um 9,2 °C und gelegentliche Regenfälle bestimmen die Witterung.

Mittwoch 31. Oktobe

Gesellschaft

Der Reichstagsausschuß für die Strafrechtsreform setzt sich mit dem Vorschlag auseinander, Gewohnheitsverbrecher zu sterilisieren. Ein entsprechender Antrag wird allerdings abgelehnt.

Rekorde in den 20er Jahren

Schwimmen: J. Weissmuller (USA) – 58,6 sec/100 m Freistil (1922)
10 000 m: P. Nurmi (FIN) – 30:06,1 min (1924)
1500 m: O. Peltzer (GER) – 3:51,0 min (1926)
Kugelstoßen: Emil Hirschfeld (GER) – 16,04 m (1928)

Gesellschaft

Der Haushaltsplan der Regierung in Paris für das Rechnungsjahr 1929 löst in Frankreich eine Kabinettskrise aus. In zwei Artikeln wird die Rückgabe von vor Jahren beschlagnahmten Kirchengütern und die Wiederzulassung religiöser Orden gefordert. Die Trennung von Staat und Kirche sorgte schon 1905 zu Zeiten der sog. Radikalen Republik für innenpolitische Kontroversen und führte zum Bruch mit dem Vatikan.

Wetter

Das Wetter im Oktober des Jahres 1928 ist durchaus angenehm. Die mittlere Lufttemperatur liegt bei 9,0 °C und damit knapp über dem langjährigen Vergleichswert. Die Niederschlagsmenge hält sich mit 44 mm in Grenzen.

Donnerstag 31. Oktober

Politik

Das Deutsche Reich und Polen schließen ein Liquiditätsabkommen, mit dem beide Seiten auf gegenseitige Entschädigungsansprüche verzichten. Gemäß dem Versailler Vertrag darf der polnische Staat auf seinem Hoheitsgebiet deutsches Privateigentum liquidieren, der Erlös muß jedoch dem Eigentümer zufließen. Da dies jedoch bislang nicht geschehen ist, leitete Berlin 1925 ein Schiedsgerichtsverfahren ein, um die deutschen Forderungen in Höhe von 600 Millionen RM durchzusetzen. Das nun geschlossene Abkommen verfügt die Aufgabe der deutschen Rechtsposition.

Politik

Die Eröffnung des polnischen Sejm scheitert. Etwa 100 Offiziere und Anhänger des Kriegsministers Jósef Klemens Pilsudski besetzen den Plenarsaal, um die politische Stärke ihrer Organisation zu unterstreichen.

Wetter

Das Wetter im Oktober 1929 ist uneinheitlich: Einerseits erfreut eine recht hohe Durchschnittstemperatur von 10,1 °C die Bürger im Reich, andererseits trüben häufige Regenfälle (Niederschlagsmenge: 110 mm) die Stimmung.

1930–1939

Highlights des Jahrzehnts

1930

Mahatma Gandhi startet Salzmarsch
Marlene Dietrich avanciert im Film »Der Blaue Engel« zum Weltstar
Uruguay wird erster Fußballweltmeister
Max Schmeling durch Disqualifikationssieg Boxweltmeister im Schwergewicht

1931

Spanien wird Republik
Vorführung des Ganzmetallflugzeugs »Ju 52« (»Tante Ju«)
Empire State Building höchstes Gebäude der Welt
Mafia-Boß Al Capone hinter Gittern

1932

Staatsstreich in Preußen
Wahlsieg der NSDAP
Chaco-Krieg um Erdöl zwischen Bolivien und Paraguay
Proklamation des Staates Saudi-Arabien

1933

Adolf Hitler zum Reichskanzler ernannt
Reichstagsbrand in Berlin
Ermächtigungsgesetz in Kraft
Deutsche Studenten verbrennen »undeutsche« Literatur

1934

Nationalsozialistischer Volksgerichtshof gegründet
»Röhm-Putsch« niedergeschlagen
Mord an Bundeskanzler Dollfuß – Ende der 1. Republik Österreich
Maos Kommunisten in China auf dem »Langen Marsch«

1935

- Judenverfolgung mit sog. Nürnberger Gesetzen
- Italien marschiert in Äthiopien ein
- Porsche baut Prototyp für VW »Käfer«
- Deutsch-britisches Flottenabkommen

1936

- Beginn des Spanischen Bürgerkriegs
- Volksfrontregierung in Frankreich
- Ausstellung »Entartete Kunst«
- XI. Olympische Spiele in Berlin zur NS-Propaganda genutzt
- Margaret Mitchell veröffentlicht »Vom Winde verweht«
- Schauprozesse in der UdSSR

1937

- Krieg zwischen Japan und China
- Georg VI. in London gekrönt
- Zeppelin LZ »Hindenburg« explodiert in Lakehurst
- Niederländische Kronprinzessin Juliana heiratet Prinz Bernhard

1938

- »Anschluß« Österreichs ans Deutsche Reich
- Münchner Abkommen soll Hitler bezähmen
- Terror gegen Juden in der »Reichskristallnacht«
- Otto Hahn gelingt erste Atomspaltung

1939

- Deutsche Truppen marschieren in Prag ein
- Hitler-Stalin-Pakt
- Beginn des Zweiten Weltkrieges

Luftige Show: Akrobaten auf dem Empire State Building (1934)

Freitag 31. Oktober

Politik

In München verabschiedet der bayerische Landtag das Deckungsgesetz für den Etat 1930. Der verschuldete Staatshaushalt kann durch die zugesagten Portoabfindungszinsen in Höhe von 5,6 Mio. Reichsmark und die Einführung neuer Steuern ausgeglichen werden.

Gesellschaft

Nach neunwöchiger Prozeßdauer wird in Hamburg das Urteil über die 23 »Bombenleger« verkündet, die 1928 und 1929 zahlreiche Sprengstoffanschläge verübt haben. Drei der mutmaßlichen Straftäter der sog. Landvolkbewegung werden freigesprochen. Die höchste Strafe von sieben Jahren Gefängnis erhält der Anführer der Gruppe, »der General« Klaus Heim. In der Landvolkbewegung schlossen sich unzufriedene Landwirte zusammen, die das parlamentarische System für ihre mißliche wirtschaftliche Situation verantwortlich machen. Unterstützt von Terrorexperten der rechtsgerichteten Freikorps bekämpfen sie den Staat.

Wetter

Eine spätsommerlich warme mittlere Lufttemperatur von 9,1°C und häufige Niederschläge prägen das Wetter im Oktober 1930.

Samstag 31. Oktober

Gesellschaft

Reichsminister Hermann Robert Dietrich erläßt eine Verordnung, nach der die Ausgabe sowie die Herstellung von Notgeld verboten ist und mit einem Bußgeld bis zu 10000 Reichsmark bestraft wird.

Gesellschaft

Nach einer Aufstellung des Statistischen Reichsamtes wurden im September 1341 und im Oktober 1435 Konkurse angemeldet – eine neue Rekordmarke im Bereich der Unternehmenszusammenbrüche. In der Mehrzahl der Fälle ist es die fortdauernde Depression, die zur wirtschaftlichen Aufgabe zwingt. Bedingt durch die hohen Lohnausfälle fehlt es der Bevölkerung an Kaufkraft, was speziell den Handel trifft. Im Einzelhandel macht sich zudem die verstärkte Konkurrenz durch Kaufhäuser und Konsumgenossenschaften bemerkbar.

Stars der 30er Jahre

Louis Armstrong
Trompeter
Marlene Dietrich
Filmschauspielerin
Greta Garbo
Filmschauspielerin
Fred Astaire
Tänzer/Schauspieler
Sonja Henie
Eiskunstläuferin

Wetter

Eine eher kühle Durchschnittstemperatur von 7,7 °C und gelegentliche Regenschauer lassen den Oktober 1931 als einen recht unangenehmen Monat erscheinen.

Montag 31. Oktober

Gesellschaft

Trotz eines saisonal bedingten Anstiegs der Arbeitslosenzahlen im Reich gibt die wirtschaftliche Entwicklung in Deutschland Anlaß zur Hoffnung. Insbesondere verminderte Ausgaben für ausländische Kredite infolge eines Stillhalteabkommens zwischen internationalen Gläubigern und deutschen Schuldnern tragen dazu bei.

Rekorde in den 30er Jahren

200 m: J. Carlton (AUS) – 20,6 sec (1932)
Weitsprung: Jesse Owens (USA) – 8,13 m (1935)
Weitsprung: Erika Junghans (GER) – 6,07 m (1939)
400 m: Rudolf Harbig (GER) – 46,0 sec (1939)

Politik

Ohne Absprache mit den Anrainerstaaten erweitert die polnische Regierung ihr Hoheitsgebiet in der Ostsee unter Einschluß der Danziger Bucht von drei auf sechs Seemeilen.

Kultur

Das 5. Klavierkonzert von Sergei S. Prokofjew wird von den Berliner Philharmonikern in der Reichshauptstadt uraufgeführt. Solist am Klavier ist der Komponist.

Wetter

Eine angenehme Durchschnittstemperatur von 9,4 °C herrscht im Oktober 1932.

Dienstag 31. Oktober

Gesellschaft

Die Presse- und Postzensur wird wegen der fortdauernden arabischen Unruhen gegen den jüdischen Zuzug in Palästina verhängt. Die Polizeibehörden erhalten vom britischen Oberkommissar Arthur Grenfell Wauchope zudem das Recht, Teile der Städte zu Sperrzonen zu erklären.

Politik

Nach dem Austritt Deutschlands aus dem Völkerbund Mitte Oktober weist Reichswehrminister Werner von Blomberg darauf hin, daß die Führung der deutschen Armee aufmerksam beobachten muß, ob Frankreich oder seine Verbündeten Sanktionen androhen oder ausführen.

Kultur

Nach einer Anordnung des preußischen Kulturministers gilt an den Hochschulen des Landes das Führerprinzip. Der Rektor wird vom Minister ernannt, Wahlen finden nicht mehr statt.

Wetter

1933 zeigt sich das Wetter oktobertypisch. Die mittlere Lufttemperatur liegt bei 8,9 °C und die Niederschlagsmenge bei 61 mm.

Mittwoch 31. Oktober

Politik

In den französischen und britischen Zeitungen wird übereinstimmend über die Vorbereitung eines Einmarsches in das Saargebiet durch die französischen Armeekommandos in Metz und Nancy berichtet. Dem Beschluß der Regierung in Paris sind Meldungen über einen Handstreich der Nationalsozialisten in diesem Gebiet vorausgegangen.

Figurbetonte Eleganz in den 30er Jahren: Kostüm aus Wollstoff mit Lederpaspeln

Gesellschaft

Der Führer der British Union of Fascists, Oswald Ernald Mosley, kündigt die Teilnahme seiner Partei an den nächsten britischen Parlamentswahlen an. Mosley betont in diesem Zusammenhang, daß seine Partei niemanden wegen seiner Religion oder Rasse diskriminiere.

Wetter

Eine angenehme Temperatur von 10 °C beschert den Deutschen 1934 ein durchaus schönes Oktoberwetter. Allerdings werden die hohen Temperaturen von gelegentlichen Regenschauern ein wenig beeinträchtigt.

Donnerstag 31. Oktober

Gesellschaft

Unter dem Druck der NSDAP lösen sich der Verband der Evangelischen Gesellenvereine Deutschlands und der Kartellverband Farbentragender Katholischer Studentenvereinigungen auf.

Kultur

Im Berliner Ufa-Palast wird der deutsche Abenteuer- und Kriminalfilm »Einer zuviel an Bord« unter der Regie von Gerhard Lamprecht uraufgeführt. Die Hauptdarsteller sind René Delgten, Rudolf Platte und Grete Weiser.

Gesellschaft

Einen Skandal verursacht die US-amerikanische Firma Standard Oil in Bolivien. Die Firma hatte heimlich eine Pipeline von den Ölfeldern am Fluß Bermejo bis an die argentinische Grenze gebaut.

Der Herr liebt es eher klassisch: Sommersakko aus hellem Fischgrät

Wetter

Der Oktober 1935 wartet mit jahreszeittypischem Wetter auf. Die mittlere Lufttemperatur liegt bei 9 °C, es fallen 68 mm Niederschlag.

Samstag 31. Oktober

Unter schwerster Bewachung werden die US-amerikanischen Goldreserven aus allen Teilen des Landes in die neuerbaute »Goldfestung« Fort Knox in US-Bundesstaat Kentucky gebracht. Nach Abschluß der Transportaktion sind hier Goldbestände im Wert von umgerechnet 15 Milliarden Reichsmark deponiert.

Sport

Die deutsche Tennisrangliste für das laufende Jahr wird von der Reichsakademie für Leibesübungen veröffentlicht. Den ersten Platz bei den Herren belegt Gottfried von Cramm. Bei den Damen liegt Marieluise Horn in Front.

Gesellschaft

In einem Gesetz legt die deutsche Regierung die Befugnisse des neu ernannten Reichskommissars für die Preisbildung, Joseph Wagner, fest.

Gesellschaft

Der französische Innenminister Roger Salengro wird von allen Anschuldigungen freigesprochen, die rechtsgerichtete Zeitungen des Landes gegen ihn vorgebracht hatten. Dem Sozialdemokraten wurde Fahnenflucht im Ersten Weltkrieg vorgeworfen.

Wetter

Eine niedrige Durchschnittstemperatur von 6,8 °C und häufig auftretende Regenfälle sorgen im Oktober 1936 für ein »durchwachsenes« Wetter.

Sonntag 31. Oktober

Sport

Vor 22000 Zuschauern trennen sich in Genf die schweizerische Fußballnationalmannschaft und die Auswahl Italiens unentschieden mit 2:2 Toren. Nach Ansicht der Fachpresse entspricht das Ergebnis dem Spielverlauf.

Kultur

Reichspropagandaminister Joseph Goebbels eröffnet in Weimar die deutsche Buchwoche 1937. Die literarische Exposition steht unter dem Motto »Buch und Schwert«.

Politik

Die japanische Expansionspolitik im Reich der Mitte ist von militärischen Erfolgen gekrönt. Nach der Einnahme nördlicher Stadtviertel stehen die Verbände Tokios kurz davor, die chinesische Hafenstadt Schanghai gänzlich unter ihre Kontrolle zu bringen.

Wetter

Deutschland erlebt im Jahr 1937 einen angenehmen Oktober. Es herrschen durchschnittlich 10,5 °C, und nur gelegentlich kommt es zu leichten Schauern.

Montag 31. Oktober

Politik

Nach dem Einmarsch in das Sudetenland erklärt Adolf Hitler das sudetendeutsche Gebiet nördlich der Further Senke bis zu den Bezirken Troppau-Neutitschein zum Gau Sudetenland mit dem Hauptort Reichenberg. Gauleiter wird Konrad Henlein. Die übrigen sudetendeutschen Gebiete sollen später den Gauen Bayrische Ostmark, Ober- und Niederdonau sowie Schlesien angegliedert werden.

Gesellschaft

Durch die Sechste Verordnung zum Reichsbürgergesetz wird Juden in Österreich der Beruf des Patentanwalts verboten. Mit der Fünften Verordnung wurde ihnen schon die Ausübung des Rechtsanwaltsberufes verwehrt. Frontkämpfer und Anwälte, deren Familien seit mehr als 50 Jahren in Österreich ansässig sind, können allerdings Ausnahmegenehmigungen erhalten.

Wetter

Im Oktober 1938 lacht die Sonne über Deutschland recht selten, denn sie zeigt sich nur 63 Stunden (langjähriger Durchschnitt: 123 Stunden). Trotzdem ist die mittlere Lufttemperatur mit 9,7 °C für diese Jahreszeit durchaus angenehm.

Dienstag 31. Oktober

Politik

Bei einer Besprechung in der Dienststelle von Hans Frank, dem Generalgouverneur für die besetzten polnischen Gebiete, werden die Grundlinien der deutschen Okkupationspolitik festgelegt. Grundelemente der weiteren nationalsozialistischen Vorgehensweise sind die Zwangsumsiedlung, der Arbeitseinsatz der polnischen Bevölkerung sowie eine »restriktive« Kulturpolitik.

Politik

Die Kabinettsumbildung in Rom sorgt für Aufmerksamkeit. Ministerpräsident Benito Mussolini wechselt sechs Minister und drei Staatssekretäre aus. Besondere Beachtung findet die Ersetzung von Achille Starace als Sekretär der Faschistischen Partei. Sein Nachfolger wird der als strikter Antikommunist geltende General Ettore Muti.

Preise in den 30er Jahren

1 kg Butter	2,96
1 kg Mehl	0,47
1 kg Fleisch	1,60
1 l Vollmilch	0,23
1 Ei	0,10
10 kg Kartoffeln	0,90
1 kg Kaffee	5,33
Stundenlohn	0,78

in RM, Stand 1934

Wetter

Das Wetter in Deutschland ist im Oktober 1939 recht unangenehm. Die durchschnittliche Lufttemperatur liegt bei 6,8 °C, zudem treten kräftige Regenfälle auf (Niederschlagsmenge: 101 mm).

NASSAU ST.

Highlights des Jahrzehnts

1940

- Deutscher Luftkrieg gegen Großbritannien
- Beginn der Westoffensive
- Winston Churchill neuer britischer Premierminister

1941

- Schottlandflug von Rudolf Heß
- Deutscher Überfall auf die Sowjetunion
- Japan greift Pearl Harbor an – Kriegseintritt der USA
- »Citizen Kane« von Orson Welles in den Kinos

1942

- Wannsee-Konferenz beschließt Judenvernichtung
- 6. Armee in Stalingrad eingeschlossen
- Beginn alliierter Luftangriffe auf deutsche Städte
- »Casablanca« mit Ingrid Bergman und Humphrey Bogart uraufgeführt

1943

- Goebbels propagiert den »totalen Krieg«
- Ende der Widerstandsgruppe »Weiße Rose«
- Aufstand im Warschauer Ghetto scheitert

1944

- Alliierte landen in der Normandie
- Stauffenberg-Attentat auf Hitler scheitert
- Charles de Gaulle wird Staatschef Frankreichs
- US-Präsident Franklin D. Roosevelt zum dritten Mal wiedergewählt

1945

- KZ Auschwitz befreit
- Bedingungslose Kapitulation Deutschlands
- Vereinte Nationen gegründet
- Beginn der Potsdamer Konferenz
- US-Atombomben zerstören Hiroschima und Nagasaki

1946

- Gründung der SED
- Nürnberger NS-Prozesse
- US-Atombombentests im Südpazifik
- Hilfe durch Care-Pakete aus den USA
- Französischer Kolonialkrieg in Vietnam

1947

- Marshallplan-Hilfe für Europa
- Indien feiert Unabhängigkeit von Großbritannien
- GATT regelt den Welthandel
- Thor Heyerdahls »Kon-Tiki«-Expedition erfolgreich

1948

- Mahatma Gandhi ermordet
- Währungsreform in Ost und West
- UdSSR verhängt Berlin-Blockade
- Staatsgründung Israels
- Korea gespalten
- UNO-Menschenrechtsdeklaration

1949

- Gründung der NATO
- Grundgesetz für die Bundesrepublik Deutschland verkündet
- Konrad Adenauer erster Bundeskanzler
- Proklamation der Deutschen Demokratischen Republik
- Chinesische Revolution

◀ 7. Mai 1945: Ganz New York feiert das Kriegsende in Europa

Donnerstag 31. Oktober

Gesellschaft

Das Reichsarbeitsministerium veröffentlicht eine Statistik, nach der sich die Arbeitslosenzahl im Deutschen Reich seit dem Kriegsausbruch 1939 von 63 000 auf 32 000 verringert hat. Von diesen Personen sei zudem nur ein Zehntel erwerbsfähig.

Technik

Die »Berliner Illustrierte Zeitung« veröffentlicht eine Fotoreportage über eine Unterwasserexpedition des vor kurzem zurückgekehrten Tiefseetauchers und Zoologiestudenten Hans Hass. Der Wiener erforschte mehrere Monate lang mit zwei Kollegen das Leben der Fische in den Korallenriffen des Karibischen Meers und hielt die Erlebnisse mit einer Kamera fest. Hans Hass befaßte sich dort insbesondere mit dem Verhalten der Haie.

Die Pressestelle der Reichsregierung weist eindringlich darauf hin, daß gemäß der neuen Rennordnung für den Pferdesport alle Pferde einen Namen tragen müssen, der dem deutschen Sprachschatz entnommen ist.

Wetter

Eine durchschnittliche Lufttemperatur von 8,3 °C und gelegentliche Niederschläge kennzeichnen das Wetter im Oktober 1940. Die Sonne scheint 110,4 Stunden lang.

Freitag 31. Oktober

Gesellschaft

Die Deutsche Reichsbahn kündigt infolge des Zweiten Weltkriegs umfangreiche Einschränkungen des Personenverkehrs in Deutschland an. »Um die Sicherstellung der Ernährung der deutschen Bevölkerung zu gewährleisten«, werden die freiwerdenden Kapazitäten der Eisenbahn statt dessen zum Transport von Kartoffeln, Rüben und auch Kohle verwandt. Darüber hinaus hat natürlich auch der Transport von Rüstungsgütern zu den Frontabschnitten absolute Priorität.

Kultur

Ein glanzvolles Ereignis verzeichnet die deutsche Kinowelt. Der erste Farbspielfilm erscheint auf den Kinoleinwänden in Deutschland. In der Reichshauptstadt Berlin wird die Produktion »Frauen sind doch bessere Diplomaten« uraufgeführt. Die Regie führte Georg Jacoby. In den Hauptrollen spielen Marika Rökk, Willy Fritsch, Aribert Wäscher und Ursula Herking.

Wetter

Dauerregen beherrscht an vielen Tagen die Wetterlage im Oktober 1941. Die Meteorologen messen 133 mm Niederschlag. Die Temperaturen steigen auf durchschnittlich 8,4 °C.

Samstag 31. Oktober

Stars der 40er Jahre

Humphrey Bogart
Filmschauspieler
John Wayne
Filmschauspieler
Katharine Hepburn
Filmschauspielerin
Hans Albers
Filmschauspieler
Joe Louis
Boxer

Kultur

Am Staatstheater in der sächsischen Metropole Dresden wird die Oper »Die Zauberinsel« von Heinrich Sutermeister uraufgeführt. Das Publikum ist von der Vorstellung begeistert. Auch die Kritiker der Tageszeitungen loben die Inszenierung.

Technik

Der Reichsminister für Bewaffnung und Munition, Albert Speer, ruft die Halter von Nutzfahrzeugen in Deutschland dazu auf, ihre Automobile auf den Betrieb mit Holzgasgeneratoren umzurüsten, da ein Engpaß bei der Versorgung mit Benzin und Dieselkraftstoff entstanden sei. Aufgrund der Knappheit flüssiger Treibstoffe müsse davon ausgegangen werden, daß Privatpersonen künftig keinen Diesel oder Ottokraftstoff mehr erhalten.

Wetter

Im Oktober 1942 zeigt sich die Sonne häufig und trägt so dazu bei, daß die durchschnittliche Lufttemperatur bei angenehmen 10,8 °C liegt. Niederschläge fallen nur vereinzelt.

Sonntag 31. Oktober

Sport

Vor rund 45000 Zuschauern in Stuttgart gewinnt Vienna Wien das Endspiel um den deutschen Fußballpokal gegen den Luftwaffen-Sportverein Hamburg mit 3:2 Toren nach Verlängerung.

Politik

Die Stadt Perekop wird von der Roten Armee belagert und später eingenommen. Zuvor haben die Sowjettruppen die Front der 6. deutschen Armee durchbrochen.

Gesellschaft

Carlo Graf Sforza und der Philosoph Benedetto Croce, beide Gegner des Faschismus, fordern nach dem Vorrücken der alliierten Verbände in Italien den Rücktritt des italienischen Königs Viktor Emanuel III., da der Monarch ihrer Meinung nach durch die Berufung Mussolinis zum Ministerpräsidenten eine Mitschuld an den politischen Ereignissen im Land trägt.

Wetter

192 Stunden scheint die Sonne im Oktober 1943. Bei einer Niederschlagsmenge von gerade 3 mm ist das Wetter mit 10,3 °C spätsommerlich warm.

Dienstag 31. Oktober

Politik

Das von deutschen Truppen besetzte Griechenland wird von britischen Einheiten und nationalen Partisanenverbänden endgültig befreit. Die letzten deutschen Verbände verlassen jetzt die Stadt Saloniki. Gleichzeitig beginnt der deutsche Rückzug aus Albanien.

Gesellschaft

Prinz Moritz von Liechtenstein wird in Regensburg mit Prinzessin Klothilde von Thurn und Taxis getraut.

Politik

Der britische Premierminister Winston Churchill äußert in einem Interview die Erwartung, daß der Krieg gegen das Deutsche Reich nicht vor dem Frühjahr 1945 beendet ist.

Wetter

Mit einer mittleren Lufttemperatur von 9,4 °C und einer relativ niedrigen Niederschlagsmenge von 44 mm zeigt sich das Wetter im Oktober 1944 von seiner schönen Seite. Die Sonnenscheindauer ist allerdings mit knapp 94 Stunden unterdurchschnittlich.

Mittwoch 31. Oktober

Politik

In der Nähe von Lüneburg wird nach einem Feuergefecht mit britischen Soldaten der SS-General Hans Killin, ein enger Vertrauter des früheren Reichsfuhrers SS Heinrich Himmler, festgenommen.

Gesellschaft

Durch den Alliierten Kontrollrat in Berlin wird den Vertretern der deutschen Kirchen als erster Personengruppe das freie Reiserecht in allen vier Besatzungszonen Deutschlands gestattet.

Gesellschaft

Aufgrund der ausgegebenen Lebensmittelkarten läßt sich für Berlin eine Einwohnerzahl von rund drei Millionen Menschen feststellen. Bei Kriegsende hatte die Hauptstadt nur zwei Millionen Einwohner.

Preise in den 40er Jahren

1 kg Butter	3,50
1 kg Mehl	0,45
1 kg Fleisch	1,60
1 l Vollmilch	0,26
1 Ei	0,12
10 kg Kartoffeln	1,00
1 kg Zucker	0,76
Stundenlohn	0,81

in RM, Stand 1943

Wetter

Im Oktober des Jahres 1945 herrschen milde Durchschnittstemperaturen und gelegentliche Niederschläge vor.

Donnerstag 31. Oktober

Gesellschaft

Auf Anordnung der sowjetischen Militäradministration beginnt die Demontage von Industriewerken in der östlichen Besatzungszone, darunter sind auch die Carl-Zeiss-Werke.

Das Extravagante an diesem Sommerkleid – der mit Tapeziernägeln besetzte Gürtel

Politik

Auf einer Pressekonferenz in New York schlägt der US-amerikanische Außenminister James Francis Byrnes die Ausarbeitung eines Friedensvertrags der Vereinigten Staaten, Großbritanniens, der Sowjetunion und Frankreichs mit Deutschland vor.

Technik

Der 10000. seit Ende des Zweiten Weltkrieges produzierte Volkswagen läuft in Wolfsburg vom Band. Davon entfallen allein auf den VW 1200, den »Käfer«, 8597 Exemplare.

Wetter

Eine kühle mittlere Lufttemperatur von 6,9 °C und eine Niederschlagsmenge von 47 mm prägen die Tage des Oktobers im Jahr 1946.

Freitag 31. Oktober

Gesellschaft

Zwischen Schweden und der deutschen Bizone wird ein Handelsabkommen abgeschlossen.

Politik

Im Kriegsverbrecherprozeß in Belgrad werden mehrere Offiziere der ehemaligen deutschen Wehrmacht zum Tode verurteilt.

Das Modemagazin »Esquire« stellt diese Abendmode für den Herrn vor

Gesellschaft

Die internationale Tagespresse berichtet in großer Aufmachung über die gestrige Unterzeichnung des GATT-Abkommens. Nach mehrmonatigen Verhandlungen einigten sich die Vertreter von 23 Staaten in Genf auf den bisher umfassendsten internationalen Handelsvertrag. Das »Allgemeine Zoll- und Handelsabkommen« beinhaltet vor allem Abmachungen über die Senkung von Einfuhrzöllen.

Wetter

Das Wetter im Oktober 1947 zeigt sich mit einer milden durchschnittlichen Lufttemperatur und geringen Regenfällen von seiner angenehmen Seite.

Sonntag 31. Oktober

Sport

Max Schmeling steht ein letztes Mal im Boxring. In der Berliner Waldbühne verfolgen 24 000 Zuschauer trotz kalter Witterung den Kampf zwischen Schmeling und dem Deutschen Meister im Halbschwergewicht, Richard Vogt. Max Schmeling verliert gegen den neun Jahre jüngeren Vogt nach Punkten. Insbesondere mangelt es dem Ex-Weltmeister an Schnelligkeit und Kondition. Noch vor dem Urteil der Punktrichter gibt Boxidol Schmeling, der 20 Jahre im Ring stand, der Öffentlichkeit seinen Rücktritt vom aktiven Boxsport bekannt und verabschiedet sich von seinem Publikum.

Rekorde in den 40er Jahren

5000 m: G. Hägg (SWE) – 13:58,2 min (1942)
Hochsprung: Fanny Blankers-Koen (HOL) – 1,71 m (1943)
Marathon: Suh Yun Bok (KOR) – 2:25:39 h (1947)
Speerwerfen: Natalia Smirnizkaja (URS) – 53,41 m (1949)

Sport

In Bratislava gewinnt die Mannschaft der Tschechoslowakei ein Fußball-Länderspiel gegen Österreich mit 3:1 Toren.

Wetter

Mit einer recht angenehmen mittleren Lufttemperatur von 9 °C erlebt Deutschland einen schönen Oktober im Jahr 1948.

Montag 31. Oktober

Gesellschaft

In den USA werden erstmals Pensionen vereinbart, die ausschließlich vom Unternehmer getragen werden. Das Abkommen wurde zwischen der Stahlarbeitergewerkschaft und der Bethlehem Steel Corporation abgeschlossen.

Politik

Bundespräsident Theodor Heuss trifft zu seinem ersten Besuch in Westberlin ein. Auf einer Kundgebung vor dem Schöneberger Rathaus betont das Staatsoberhaupt, daß der »Kampf um die deutsche Einheit in dieser Stadt durch die Kräfte der Demokratie entschieden« werde.

Politik

Die Bundesrepublik Deutschland wird in die Organisation für europäische wirtschaftliche Zusammenarbeit (OEEC) aufgenommen. Die später in OECD umbenannte OEEC verteilt die US-amerikanische Wiederaufbauhilfe für Europa.

Wetter

Der Oktober 1949 zeigt sich oktobertypisch. Milde Temperaturen und gelegentliche Niederschläge sind vorherrschend.

1950–1959

Highlights des Jahrzehnts

1950

- Ausbruch des Koreakrieges
- Abschaffung der Lebensmittelmarken in Deutschland

1951

- Debatte um die Wiederaufrüstung Deutschlands
- Skandal um Hildegard Knef als »Sünderin«
- Erster Schritt zur europäischen Einigung: Montanunion perfekt
- Der persische Schah Mohammed Resa Pahlewi heiratet Soraya

1952

- Helgoland wieder unter deutscher Verwaltung
- Staatsstreich in Ägypten
- DDR riegelt Grenze ab
- Dwight D. Eisenhower wird zum 34. US-Präsidenten gewählt
- USA zünden Wasserstoffbombe
- In Deutschland bricht das Fernsehzeitalter an

1953

- Tod des sowjetischen Diktators Josef Stalin
- Volksaufstand in der DDR
- Elisabeth II. zur Königin von Großbritannien und Nordirland gekrönt
- Mount Everest: Höchster Berg der Welt bezwungen

1954

- Französische Niederlage in Vietnam
- Deutschland wird in Bern Fußballweltmeister
- Beginn des Algerienkrieges
- Mit »That's alright Mama« beginnt der Aufstieg von Elvis Presley

1955

- Die Bundesrepublik wird ein souveräner Staat
- Gründung des Warschauer Paktes
- Tragischer Tod von James Dean
- Erste »documenta«

1956

- Traumhochzeit von Grace Kelly und Rainier III. von Monaco
- Volksaufstand in Ungarn
- Suezkrise führt zu Nahostkrieg
- Musical »My Fair Lady« beginnt seinen Siegeszug um die Welt

1957

- Gründung der EWG
- »Sputnik-Schock« bildet Auftakt zu Wettlauf im All
- Heinz Rühmann als »Hauptmann von Köpenick« gefeiert
- Erste Massenimpfung gegen Kinderlähmung

1958

- De Gaulle und Adenauer begründen deutsch-französische Freundschaft
- Rock 'n' Roll-Fieber grassiert weltweit
- Pelé – Star der Fußballweltmeisterschaft in Schweden
- Atomium ist Wahrzeichen der Weltausstellung in Brüssel

1959

- Fidel Castro übernimmt die Macht in Kuba
- Hula-Hoop-Welle schwappt aus den USA nach Europa
- Premiere des Marilyn-Monroe-Films »Manche mögen's heiß«
- Erste Bilder von der Rückseite des Mondes

◀ Mit 23 schon ein Hollywood-Superstar: Audrey Hepburn mit »Oscar« (1953)

Dienstag 31. Oktober

Politik

Die französische Regierung in Paris veröffentlicht ein Memorandum über die Verhandlungen mit dem Sultan von Marokko. In dem Schriftstück bestätigt sie die Aufrechterhaltung des 1912 geschlossenen Protektoratsvertrages mit dem nordafrikanischen Land. Der marokkanische Sultan Muhammad V. verlangt dagegen eine Revision des Abkommens. Er möchte Marokko zu einem teilautonomen Staat innerhalb der französischen Union machen.

Gesellschaft

Die Arbeitslosenzahl in der Bundesrepublik Deutschland sinkt. Momentan sind nur noch 5,6 % der Erwerbsfähigen ohne berufliche Tätigkeit. Die erstmalige Verbesserung auf dem Arbeitsmarkt resultiert vor allem aus der umfangreichen Bautätigkeit und dem sog. Koreaboom. Seit dem Ausbruch des Koreakriegs Ende Juni sind die Exportchancen der BRD beträchtlich gestiegen. Der Weltmarkt ist besonders durch eine starke Nachfrage nach Stahl für die Rüstungsindustrie gekennzeichnet.

Wetter

Mit einer mittleren Lufttemperatur von 8,4 °C und einer Niederschlagsmenge von 33 mm ist das Wetter im Oktober 1950 relativ freundlich.

Mittwoch 31. Oktober

Technik

Zu schweren Eisenbahnunglücken kommt es im Verlauf des Tages im Schwarzwald, in der Nähe von Kassel und bei Landshut. Eine Person kommt bei den Unfällen ums Leben, 55 Reisende werden verletzt.

Politik

Ministerpräsident Josip Tito schildert die Grundzüge seiner Politik zwischen den Blöcken. Der Aufrüstung in den »Satellitenstaaten der Sowjetunion« wird Jugoslawien mit Hilfe US-amerikanischer Waffenlieferungen entgegentreten. Darüber hinaus betont Tito, daß sein Land bei jeder Agression an der Seite des Westens stehen werde, allerdings gehe Belgrad keine vertraglichen Bindungen in dieser Hinsicht ein. Neben dem Erhalt der Selbständigkeit strebt Jugoslawien eine enge wirtschaftliche, kulturelle und politische Zusammenarbeit mit der NATO an.

Rekorde in den 50er Jahren

Kugelstoßen: Jim Fuchs (USA) – 17,95 m (1950)
10 000 m: Emil Zátopek (TCH) – 28:54,6 min (1954)
800 m: R. Moens (BEL) – 1:45,7 min (1955)
Eisschnellauf: Eugen Grischin (URS) – 1000 m in 1:22,8 min (1955)

Wetter

Die Deutschen können im Oktober 1951 den Regenschirm fast immer zu Hause lassen, da die Niederschlagsmenge nur 3 mm beträgt.

Freitag 31. Oktober

Technik

Nach Schätzungen des Bundesverkehrsminsters Hans-Christoph Seebohm (DP) werden sich die Kosten für einen großzügigen Ausbau des bundesdeutschen Straßennetzes auf insgesamt 16 Milliarden DM belaufen. Innerhalb von 15 Jahren sollen alle geplanten Durchgangsstraßen fertiggestellt sein.

Nach einer Umfrage des Bielefelder Emnid-Instituts sind 46% der bundesdeutschen Männer der Meinung, daß Frauen sich überhaupt nicht schminken sollten, während 30% der Ansicht sind, daß Make-up nur bei besonderen Anlässen angebracht sei. Auch 32% der befragten Frauen lehnen Make-up ab.

Gesellschaft

Auf dem Europa-Tag des Bundesverbandes der Deutschen Industrie (BDI) in Trier befürworten Industrielle aus den sechs Mitgliedsländern der Montanunion die Europäische Gemeinschaft für Kohle und Stahl (EGKS). Gleichzeitig warnen die Wirtschaftsbosse vor der Gefahr des Zentralismus und dem Festhalten an nationalen Souveränitätsrechten.

Wetter

Im Oktober 1952 ist es mit einer durchschnittlichen Lufttemperatur von 7,5 °C schon recht frisch. Gelegentliche Niederschläge runden das Gesamtbild ab.

Samstag 31. Oktober

Politik

Das japanische Rote Kreuz erhält eine Zusage der Regierung der UdSSR, nach der die letzten 1320 japanischen Soldaten, die sich noch in sowjetischer Kriegsgefangenschaft befinden, bis zum Jahresende freigelassen werden.

Kultur

Zwischen dem Deutschen Journalistenverband und der Deutschen Angestelltengewerkschaft wird eine Arbeitsgemeinschaft gebildet. Das Gremium setzt sich für die Verbesserung der sozialen Lage der Journalisten ein.

Gesellschaft

Der britische Ernährungsminister Gwilym Lloyd George erklärt in einem Zeitungsinterview, daß die letzten Lebensmittelrationierungen Mitte des kommenden Jahres aufgehoben würden.

Wetter

Ein goldener Oktober beschert Deutschland im Jahr 1953 eine angenehme durchschnittliche Lufttemperatur von 11,4 °C, eine extrem geringe Niederschlagsmenge von 9 mm und 149 Stunden lang Sonnenschein.

Sonntag 31. Oktober

Technik

Ein US-amerikanisches Militärflugzeug ist seit dem 24. Oktober im Mittelmeerraum verschollen. Nach tagelanger Suche wird das Wrack der Transportmaschine in der Nähe der Stadt Nizza gefunden. Von den 21 Passagieren hat niemand den Absturz überlebt.

Stets korrekt und im Zweifelsfall eher weit geschnitten: Herrenmode in den 50ern

Kultur

Der berühmte schweizerische Musikclown Grock nimmt im Alter von 74 Jahren seinen Abschied von der Manege. Grock, eigtl. Adrian Wettach, begann 1913 mit seinen Soloauftritten, die sich erst allmählich zu eineinhalbstündigen Darbietungen mit akrobatischen und musikalischen Einlagen entwickelten. Seit 1952 leitete Grock einen eigenen Zirkus.

Wetter

Heftige Regenfälle von insgesamt 153 mm (der langjährige Durchschnittswert liegt bei 58 mm) bestimmen das Wetter im Oktober 1954. Die Sonnenscheindauer beträgt nur mäßige 95 Stunden (langjähriger Vergleichswert: 123 Stunden).

Montag 31. Oktober

Kultur

In Berlin (West) wird an der Städtischen Oper unter der Regie des Komponisten Gian Carlo Menotti die Oper »Die Heiligen« uraufgeführt. Die Inszenierung findet beim Publikum großen Anklang.

Gesellschaft

Um die Sicherheit Israels gegenüber seinen arabischen Nachbarn auch künftig zu garantieren, fand Mitte Oktober eine Sammlung von Geldspenden für die militärische Rüstung statt. Nach offiziellen Angaben sind 10 Mio. Schekel (23,5 Mio. DM) zusammengekommen.

Für eine gute Figur auf der Tanzfläche: Kleid aus Chiné-Taft

Gesellschaft

Schwere Überschwemmungen, die seit Monatsanfang den indischen Subkontinent heimsuchen, haben nach offiziellen Angaben aus Neu-Delhi 663 Menschenleben gefordert.

Wetter

Angenehme Temperaturen und vereinzelte Niederschläge bestimmen im Oktober des Jahres 1955 zumeist das Wetter in Deutschland.

Mittwoch 31. Oktober

Gesellschaft

Im Zuge des ungarischen Volksaufstandes kehrt der seit 1949 internierte Kardinal József Mindszenty nach Budapest zurück. Der als Regimekritiker bekannte kirchliche Würdenträger war am Vortag aus der Haft entlassen worden.

Politik

Das britische Unterhaus in London billigt mit 270 gegen 218 Stimmen das britisch-französische Vorgehen gegen Ägypten. Die oppositionelle Labour Party wirft der Regierung im Verlauf der Aussprache vor, durch die militärische Intervention leichtfertig den Weltfrieden aufs Spiel gesetzt zu haben. Nach dem Beginn der militärischen Auseinandersetzungen zwischen Israel und Ägypten am 29. Oktober bombardierten französische und britische Luftstreitkräfte ägyptische Stellungen im Bereich des Sueskanals. In den nächsten Tagen weiten sich die Attacken auf das Landesinnere aus. Sowohl Paris als auch London verstehen sich als Schutzmächte der internationalen Wasserstraße.

Wetter

Mit einer mittleren Lufttemperatur von 9 °C und einer Niederschlagsmenge von 87 mm zeigt sich der Oktober 1956 typisch für die Jahreszeit.

Donnerstag 31. Oktober

Politik

In der Vollversammlung der Vereinten Nationen wird über den Grenzkonflikt zwischen Syrien und der Türkei ohne Beschlußverfassung debattiert. Es waren zunächst zwei Resolutionsentwürfe eingebracht worden, die den Einsatz einer UN-Kommission im Konfliktgebiet und eine Vermittlungsaktion durch UN-Generalsekretär Dag Hammarskjöld vorsahen. Die beiden Entschließungen werden jedoch nicht zur Abstimmung vorgelegt.

Stars der 50er Jahre

Marilyn Monroe
Filmschauspielerin
James Dean
Filmschauspieler
Elvis Presley
Sänger
Sophia Loren
Filmschauspielerin
Brigitte Bardot
Filmschauspielerin

Gesellschaft

Infolge der Verhandlungen des Deutschen Roten Kreuzes (DRK) mit den Regierungen der osteuropäischen Länder über eine Familienzusammenführung sind bisher fast 117 000 Deutsche aus dem Osten Europas in der Bundesrepublik sowie in Berlin (West) eingetroffen.

Wetter

Starke Regenfälle, die insgesamt eine Niederschlagsmenge von 122 mm mit sich bringen, prägen den Oktober im Jahr 1957.

Freitag 31. Oktober

Politik

Die drei Atommächte USA, UdSSR und Großbritannien beraten in ihren Genfer Gesprächen über die Einstellung der Kernwaffenversuche unter internationaler Kontrolle. Mitte Dezember wird das sog. Atomteststopp-Abkommen unterzeichnet.

Preise in den 50er Jahren

1 kg Butter	6,75
1 kg Mehl	0,76
1 kg Fleisch	5,01
1 l Vollmilch	0,40
1 Ei	0,23
10 kg Kartoffeln	2,14
1 kg Kaffee	21,40
Stundenlohn	1,96

in DM, Stand 1955

Politik

Bundeswirtschaftsminister Ludwig Erhard (CDU) kritisiert während seines Japanbesuches in Tokio die nach seiner Ansicht zu niedrigen Preise einiger für Westeuropa bestimmter japanischer Exportartikel. Der Minister führt weiter aus, daß er als Marktwirtschaftler die Konkurrenz aus Asien zwar begrüße, die Japaner jedoch einen unfairen Wettbewerb trieben, da sie als Billiglohnland Produkte weit unter bundesdeutschen Herstellungskosten anbieten könnten.

Wetter

Eine angenehme Durchschnittstemperatur von 10,4 °C und 122 sonnige Stunden werden im Oktober 1958 von häufigen Regenfällen beeinträchtigt.

Samstag 31. Oktober

Kultur

Die Uraufführung des Dramas »Die Nashörner« von Eugène Ionesco findet unter der Regie von Karl Heinz Stroux im Düsseldorfer Schauspielhaus statt.

Kultur

Der Georg-Büchner-Preis wird in Darmstadt verliehen. Preisträger ist der Schriftsteller Günter Eich, der zu den meistgespielten Hörspielautoren der 50er Jahre zählt.

Gesellschaft

Bei der weiblichen Teenagermode sorgen Petticoats und figurbetonende Taillencorsettes für eine Hochkonjunktur in der Modebranche.

Technik

Die US-Autofirma General Motors sieht sich gezwungen, die Produktion des »Cadillac« einzustellen, da wegen eines langanhaltenden Stahlarbeiterstreiks kein Metall mehr verfügbar ist.

Wetter

Gelegentliche Niederschläge, aber immerhin 173 Stunden Sonnenschein beschert der Oktober 1959.

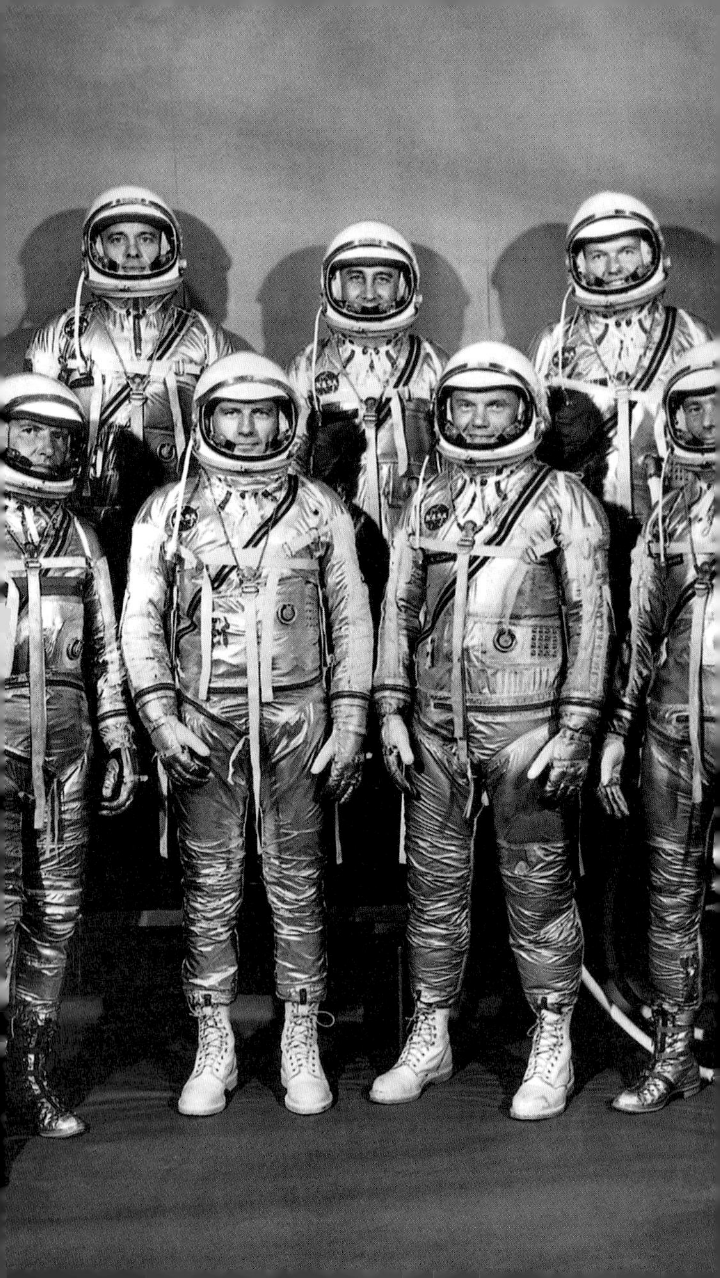

1960–1969

Highlights des Jahrzehnts

1960

- Gründung der EFTA
- Frankreich wird 4. Atommacht
- John F. Kennedy wird 35. Präsident der USA
- Hochzeit des Jahres: Fabiola und König Baudouin von Belgien

1961

- Erster Mensch im Weltraum: der Russe Juri Gagarin
- Bau der Mauer in Berlin
- Gründung von Amnesty International

1962

- Flutkatastrophe an der Nordseeküste und in Hamburg
- Kuba-Krise. USA erzwingen Abbau sowjetischer Raketenbasen
- »Spiegel«-Affäre löst Regierungskrise aus
- Start der erfolgreichsten Serie der Kinogeschichte: James Bond

1963

- Deutsch-Französischer Freundschaftsvertrag
- US-Präsident Kennedy wird in Dallas erschossen
- Marika Kilius und Hans-Jürgen Bäumler werden Weltmeister im Eiskunstlaufen

1964

- Die USA greifen in den Vietnamkrieg ein
- Revolution in der Damenmode: der Minirock
- Der 22jährige Cassius Clay wird jüngster Boxweltmeister
- UdSSR: Breschnew neuer KP-Chef
- Erfolgreichste Pop-Gruppe der 60er: die Beatles
- Den Rolling Stones gelingt der internationale Durchbruch

1965

- Im Alter von 90 Jahren stirbt in London Winston Churchill
- Erste Fotos vom menschlichen Embryo im Mutterleib
- Ziehung der Lottozahlen erstmals im Fernsehen

1966

- Große Koalition aus CDU/CSU und SPD gebildet
- APO beginnt sich zu formieren

1967

- Sechs-Tage-Krieg in Nahost
- Erste Herztransplantation
- Bürgerkrieg in Biafra
- Kult-Musical »Hair« wird uraufgeführt

1968

- Ermordung des schwarzen Bürgerrechtlers Martin Luther King und des US-Präsidentschaftskandidaten Robert Kennedy
- »Prager Frühling« durch Einmarsch von Warschauer-Pakt-Truppen beendet
- Aufklärungswelle erreicht den Schulunterricht

1969

- Willy Brandt wird Kanzler einer sozialliberalen Koalition
- Der erste Mensch betritt den Mond
- »Sesamstraße« begeistert Millionen von Kindern
- Rockfestival in Woodstock

◀ **US-Astronauten im Gruppenbild: Die 60er sind das Jahrzehnt der Raumfahrt**

Montag 31. Oktober

Gesellschaft

Drei Mäuse überstehen an Bord einer US-amerikanischen Rakete einen Raumflug in 1100 km Höhe. Das Experiment soll nachweisen, daß der Van-Allen-Strahlungsgürtel im Weltall für Lebewesen ungefährlich ist.

In der DDR ist ein Deutscher Soldatensender eröffnet worden. Dies teilt das Informationsbüro in Berlin (West) mit. Das Programm besteht aus aktueller Unterhaltungsmusik, gemischt mit politischer Propaganda, und wendet sich an die Angehörigen der bundesdeutschen Streitkräfte.

Technik

Die Bodensee-Anrainerstaaten unterzeichnen in Steckborn ein Internationales Übereinkommen zum Schutz des Gewässers vor Verunreinigungen.

Gesellschaft

Die dritte Ehe des Schahs von Persien beschert dem Iran den langersehnten männlichen Thronfolger. In Teheran erblickt der Prinz Resa Kyros Ali das Licht der Welt.

Wetter

Im Oktober 1960 beträgt die Durchschnittstemperatur 9,1 °C. Sie liegt knapp über dem langjährigen Mittelwert von 8,8 °C.

Dienstag 31. Oktober

Gesellschaft

Fast jeder dritte Student in der Bundesrepublik Deutschland wird nach Angaben des Deutschen Studentenwerks finanziell vom Staat unterstützt.

Technik

Die Luftverschmutzung an Rhein und Ruhr nimmt immer gravierendere Ausmaße an. Nach offiziellen Angaben werden im Ruhrgebiet pro Jahr etwa 1,5 Mio. t Staub, Asche und Ruß sowie rund 4 Mio. t Schwefeldioxid in die Luft geblasen. Der Einbau von Filteranlagen wird von der Stahl- und Kohleindustrie mit dem Hinweis auf zu hohe Kosten überwiegend abgelehnt.

Politik

Der XXII. Parteitag der KPdSU endet in Moskau. Partei- und Regierungschef Nikita S. Chruschtschow bekräftigte in seinen Redebeiträgen die Fortführung der Entstalinisierung sowie eine Politik der friedlichen Koexistenz.

Wetter

139 Stunden lang zeigt sich die Sonne im Oktober 1961 über Deutschland. Allerdings wird der Sonnenschein von Regenschauern unterbrochen.

Mittwoch 31. Oktober

Politik

Nach dem Sturz der Monarchie in Jemen am 27. September verkündet der neue Machthaber, Oberst Abdullah as-Sallal, die provisorische Verfassung der Arabischen Republik Jemen. In einem Interview führt der Militär weiter aus, daß Jemen beabsichtige, einen neutralen politischen Weg einzuschlagen. Generell strebe die Regierung des Landes freundschaftliche Beziehungen zu allen Staaten an, die das neue Regime anerkennten.

»Mini« heißt das Schlagwort der 60er – hier in Form eines Strickkleides

Kultur

In Erstaufführung sieht das bundesdeutsche Kinopublikum den Oscar-prämierten Film »Süßer Vogel Jugend« des US-amerikanischen Regisseurs Richard Brooks. Die Produktion sorgt für ausverkaufte Kinosäle.

Wetter

Im Oktober 1962 zeigt sich das Wetter eher von seiner unangenehmen Seite. Gelegentliche Niederschläge und seltener Sonnenschein drücken allseits auf die Gemüter.

Donnerstag 31. Oktober

Gesellschaft

Das Bundesinnenministerium legt dem Deutschen Bundestag einen Gesetzentwurf über eine Einschränkung des grundgesetzlich garantierten Post- und Fernmeldegeheimnisses vor. Hintergrund ist die Abhöraffäre im Bundestag. Im September veröffentlichte die Wochenzeitung »Die Zeit« einen Artikel, in dem der Verdacht geäußert wird, daß der bundesdeutsche Verfassungsschutz sich des alliierten Sicherheitsdienstes bediene, um Telefongespräche abzuhören und Briefe zu durchleuchten. Ende September strahlt das ARD-Magazin »Panorama« einen Bericht aus, wonach es im Bundestag bis 1962 eine Anlage zum Abhören von Telefonaten gegeben hat.

Kurzer Mantel mit Schlaghose: Auch in die Männermode kommt Bewegung

Sport

Bei der Premiere der Eisrevue »Holiday on Ice« in Indianapolis finden durch eine Gasexplosion 68 Zuschauer den Tod.

Wetter

Mit einer mittleren Temperatur von 8,7 °C und einer Niederschlagsmenge von 44 mm zeigt sich das Wetter relativ mild.

Samstag 31. Oktober

Gesellschaft

Die geplante Stillegung von 31 Großzechen im Ruhrgebiet gibt der Rationalisierungsverband Ruhrbergbau bekannt. In den folgenden Wochen gehen Tausende von Bergarbeitern auf die Straße, um für den Erhalt ihrer Arbeitsplätze auf den Zechen zu demonstrieren.

Kultur

In Ungarn findet an der Nationaloper in Budapest eine Weltpremiere statt. Das Musikwerk von Sándor Szokolay »Bluthochzeit« nach Texten von Lorca wird uraufgeführt.

Gesellschaft

Die bundesdeutschen Zeitungen berichten über die Eröffnung der ersten Unteroffiziersschule der Bundeswehr im bayerischen Sonthofen.

Rekorde in den 60er Jahren

Stabhochsprung: Brian Sternberg (USA) – 5,00 m (1963)
Hochsprung: V. Brumel (URS) – 2,28 m (1963)
Weitsprung: Bob Beamon (USA) – 8,90 m (1968)
100 m: Jim Hines (USA) – 9,9 sec (1968)

Wetter

Im Jahr 1964 zeigt sich der Oktober eher von seiner ungemütlichen Seite. Bei einer durchschnittlichen Lufttemperatur von 7,6 °C kommt es immer wieder zu heftigen Niederschlägen.

Sonntag 31. Oktober

Gesellschaft

Das SED-Zentralorgan »Neues Deutschland« kündigt eine Verordnung gegen die zahlreichen Amateur-Beatgruppen der DDR an. Nur auf diesem Wege könne gegen die von ihnen ausgelösten Tumulte wirksam vorgegangen werden.

Gesellschaft

Die vier Spitzenorganisationen der bundesdeutschen Wirtschaft äußern ihre Bedenken gegen die Einführung eines zehnten Pflichtschuljahres, wie es der Deutsche Ausschuß für das Erziehungs- und Bildungswesen fordert. Als Gegenargument führen sie den Lehrer- und Schulraummangel an.

Technik

Die US-amerikanische Automobilindustrie kann mit neuen Rekordzahlen aufwarten. Nach neuesten Berechnungen wurden im Oktober 841 976 Automobile an den »Mann« gebracht.

Wetter

Mit einer durchschnittlichen Temperatur von 8,3 °C, vereinzelten Niederschlägen sowie 167 Stunden Sonnenschein zeigt sich der Oktober 1965 freundlich und mild.

Montag 31. Oktober

Technik

Der japanische Mediziner Sayushi Yada von der Mie-Universität entwickelt ein neues Verfahren zur Ermittlung der menschlichen Blutgruppe. Ihre Bestimmung erfolgt durch die Analyse der Haare.

Gesellschaft

250 protestantische Pfarrer aus dem gesamten Bundesgebiet demonstrieren in Bonn mit der Parole »Wer den Vietnamkrieg unterstützt, verrät das Evangelium der Liebe«.

Gesellschaft

Die Kohlekrise im Ruhrbergbau nimmt immer größere Ausmaße an. Aus betriebswirtschaftlichen Gründen müssen 54750 Bergleute aus 28 Schachtanlagen eine unbezahlte sogenannte Feierschicht einlegen.

Wetter

Warme Lufttemperaturen von durchschnittlich 11,4 °C verführen die Deutschen im Oktober 1966 noch einmal zu ausgiebigen Spaziergängen in den Naherholungsgebieten. Die Mitnahme eines Regenschirmes empfiehlt sich jedoch, da mit vereinzelten Regenfällen gerechnet werden muß.

Dienstag 31. Oktober

Kultur

Die protestantische Christenheit begeht in aller Welt den 450. Jahrestag der Reformation. Im Zentrum der Feierlichkeiten steht Wittenberg – hier veröffentlichte Martin Luther 1517 seine 95 Thesen gegen den Ablaßhandel der römisch-katholischen Kirche. Überschattet werden die Festakte in der DDR allerdings von dem Einreiseverbot für eine Reihe führender bundesdeutscher Kirchenvertreter. Darunter ist auch der Ratsvorsitzende der Evangelischen Kirche in Deutschland (EKD), Hermann Dietzfelbinger.

Gesellschaft

Brian Jones, 25jähriger Gitarrist der britischen Band »Rolling Stones«, wird von einem Gericht in London zu neun Monaten Gefängnis verurteilt. Jones war des unerlaubten Rauschgiftbesitzes angeklagt.

Stars der 60er Jahre

Die Beatles
Popgruppe
Sean Connery
Filmschauspieler
Pelé
Fußballspieler
Jean Paul Belmondo
Filmschauspieler
Dustin Hoffman
Filmschauspieler

Wetter

112 Stunden Sonnenschein und eine durchschnittliche Lufttemperatur von 11,3 °C bescheren den Deutschen im Oktober des Jahres 1967 einen goldenen Herbst.

1968

Donnerstag 31. Oktober

Gesellschaft

Im Frankfurter Brandstifterprozeß werden die Urteile verkündet. Die Angeklagten Andreas Baader, Gudrun Ensslin, Horst Söhnlein und Thorwald Proll erhalten jeweils drei Jahre Zuchthaus. Die Richter sehen es als erwiesen an, daß sie am 2. April im Frankfurter Warenhaus Schneider Feuer gelegt haben. Als Motiv gaben Baader und Ensslin an, auf diesem Wege gegen den Vietnamkrieg der USA protestieren zu wollen.

Preise in den 60er Jahren

1 kg Butter	7,58
1 kg Mehl	1,06
1 kg Fleisch	7,91
1 l Vollmilch	0,50
1 Ei	0,21
10 kg Kartoffeln	2,88
1 kg Kaffee	16,61
Stundenlohn	4,15

in DM, Stand 1964

Politik

In einem Fernsehinterview gibt US-Präsident Lyndon B. Johnson bekannt, daß er die völlige Einstellung des Luftkrieges gegen Nordvietnam veranlaßt hat, um die Friedensverhandlungen in Paris voranzubringen.

Wetter

Obwohl angenehme Lufttemperaturen von durchschnittlich 10 °C im Oktober 1968 vorherrschen, sind die Bundesbürger mit den klimatischen Verhältnissen nicht ganz zufrieden – die Sonne scheint zwar 91 Stunden lang, doch immer wieder kommt es zu heftigen Regenfällen.

Freitag 31. Oktober

Gesellschaft

Nach der Aufwertung der DM um 8,5 % am 24. Oktober fordert der Deutsche Bauernverband von der Bundesregierung in Bonn Ausgleichszahlungen für ihre Nachteile im Wettbewerb mit der EWG-Konkurrenz. Nach Ansicht der Verbandsfunktionäre ist eine solche Form der »versteckten Subventionierung« unausweichlich, wenn die Konkurrenzfähigkeit der einheimischen Landwirtschaft auch weiterhin gewährleistet werden soll.

Gesellschaft

In der jugoslawischen Provinz Bosnien herrscht der Ausnahmezustand, nachdem es am 26. und 27. Oktober insgesamt zu drei schweren Erdbeben gekommen ist. Sie machten die Evakuierung der Einwohner der Stadt Banja Luka, der zweitgrößten Stadt Bosniens, nötig. Das letzte Beben zerstörte große Teile der Stadt, so daß eine sofortige Rückführung der Menschen nicht möglich ist. Die Regierung ist um einen schnellen Wiederaufbau der zerstörten Infrastruktur bemüht.

Wetter

Die Sonne strahlt über Deutschland und erwärmt die Luft im Oktober 1969 im Durchschnitt auf angenehme 10,2 °C.

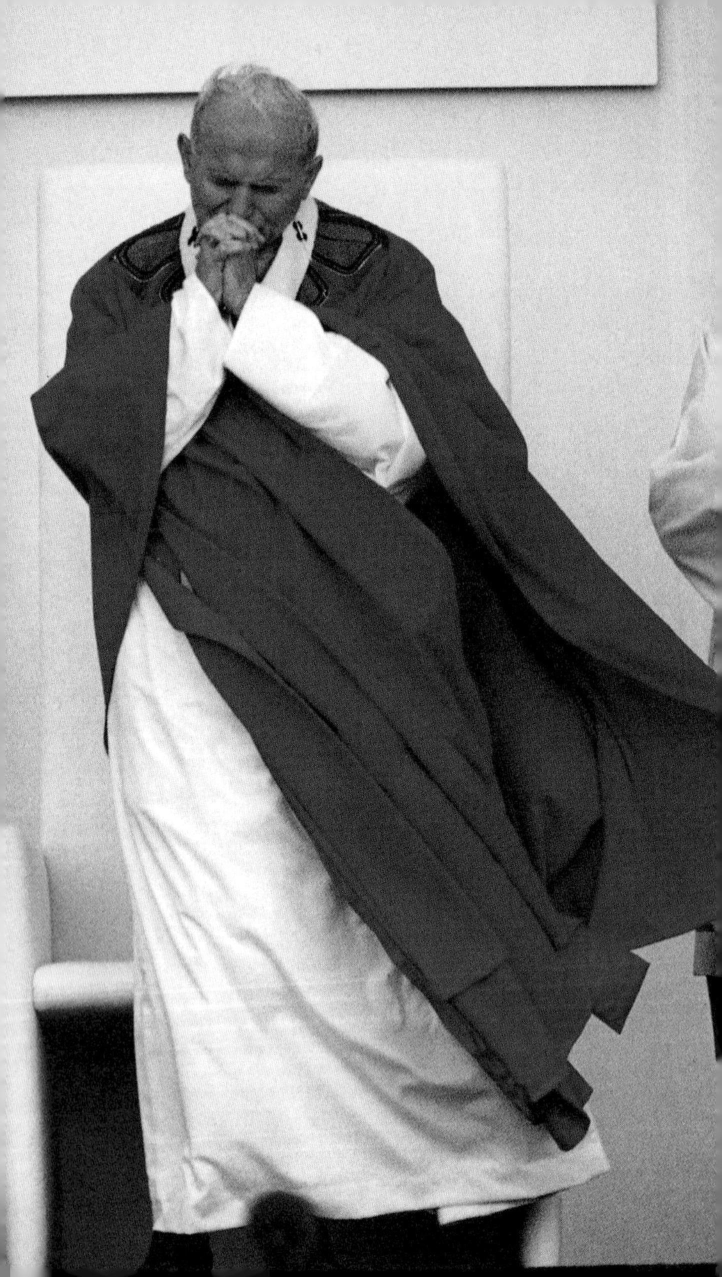

1970-1979

Highlights des Jahrzehnts

1970

- Neue deutsche Ostpolitik: Moskauer und Warschauer Vertrag
- Vietnamkrieg weitet sich auf Kambodscha aus
- Einstellung des Contergan-Prozesses

1971

- Einführung des Frauenwahlrechts in der Schweiz
- Friedensnobelpreis für Willy Brandt
- Hot pants – Modeschlager der Saison
- Kinohit »Love Story« rührt Millionen Zuschauer zu Tränen

1972

- Unterzeichnung des Rüstungskontrollabkommens SALT I
- Verhaftung von Baader-Meinhof-Terroristen
- Überfall palästinensischer Terroristen auf die israelische Mannschaft bei den Olympischen Spielen in München
- Unterzeichnung des Grundvertrages zwischen Bundesrepublik und DDR

1973

- Aufnahme beider deutscher Staaten in die UNO
- USA ziehen ihre Truppen aus Vietnam zurück
- Jom-Kippur-Krieg in Nahost
- Ölkrise: Sonntagsfahrverbot auf bundesdeutschen Straßen

1974

- Guillaume-Affäre stürzt Willy Brandt, neuer Bundeskanzler wird Helmut Schmidt
- Watergate-Affäre zwingt US-Präsident Nixon zum Rücktritt
- Deutschland wird Fußballweltmeister
- »Nelkenrevolution« in Portugal

1975

- Beginn des Bürgerkriegs im Libanon
- Unterzeichnung der KSZE-Schlußakte in Helsinki
- Spanien: Tod Francos und demokratische Reformen unter König Juan Carlos I.
- Einweihung des 3 km langen Elbtunnels in Hamburg
- Volljährigkeit von 21 auf 18 Jahre herabgesetzt

1976

- Umweltkatastrophe in Seveso
- Anschnallpflicht für Autofahrer
- Traumhochzeit des Jahres: Karl XVI. Gustav von Schweden heiratet die Deutsche Silvia Sommerlath

1977

- Entführung und Ermordung des Arbeitgeberpräsidenten Hanns Martin Schleyer
- Emanzipationswelle: Frauenzeitschrift »Emma« erscheint

1978

- Friedensverhandlungen zwischen Israel und Ägypten in Camp David
- In England kommt das erste Retortenbaby zur Welt

1979

- Überfall der Sowjetunion auf Afghanistan
- Schiitenführer Khomeini proklamiert im Iran die Islamische Republik
- Sandinistische Revolution beendet Somoza-Diktatur in Nicaragua

◀ **Reiselustig: Mit Johannes Paul II. wird 1978 erstmals ein Pole Papst**

Samstag 31. Oktober

Politik

Die Gründung der rechtsradikalen »Aktion Widerstand« in Würzburg und eine Demonstration von rund 3000 Angehörigen der Gruppierung führen in der Bundesrepublik zu scharfen Reaktionen. Die Sozialdemokraten sehen in Parolen wie »Deutsches Land wird nicht verschenkt, eher wird der Brandt gehängt« Aufforderungen zur Ermordung des Bundeskanzlers. Die »Aktion Widerstand« kämpft gegen die Ratifizierung des Moskauer Vertrages vom 12. August des Jahres.

Gesellschaft

Der US-amerikanische »Drogenprophet« und ehemalige Harvard-Dozent Timothy Leary will weiter mit dem Rauschmittel LSD experimentieren. Dies teilt Leary in Algier mit, wo er und seine Frau nach der Flucht aus einem US-Gefängnis Asyl erhalten haben. Der frühere Psychologe saß in den Vereinigten Staaten wegen Rauschgiftvergehen ein.

Wetter

Eine angenehme Durchschnittstemperatur von 9,3 °C – damit ist es in diesen Tagen immerhin 0,5 °C wärmer als im langjährigen Vergleich – wird im Oktober 1970 begleitet von immerhin 61 Sonnenstunden.

Sonntag 31. Oktober

Gesellschaft

In der Schweiz dürfen zum ersten Mal Frauen bei den Nationalratswahlen wählen. Dem neuen Parlament gehören zehn weibliche Abgeordnete an. Die Wahlrechtsmodifikation ist das Ergebnis einer Volksabstimmung vom Anfang des Jahres.

Technik

Nach Berichten der NASA herrschen auf dem Planeten Mars gegenwärtig große Staubstürme, die es der Raumsonde »Mariner 9« nach dem Einschwenken in die Marsumlaufbahn unmöglich machen, brauchbare Aufnahmen von der Planetenoberfläche herzustellen.

Sport

Das Maskottchen des Deutschen Fußball-Bundes (DFB) für die Fußballweltmeisterschaft im eigenen Land sind »Tip und Tap«. DFB-Vizepräsident Hermann Neuberger präsentiert die »lustigen Jungs« erstmals in Kaiserslautern.

Wetter

Im Oktober 1971 herrscht eine durchschnittliche Lufttemperatur von 9,3 °C. 169 Stunden Sonnenschein tragen zum Wohlbefinden bei.

Dienstag 31. Oktober

Politik

Das chilenische Kabinett tritt zurück und reagiert damit auf den landesweiten Streik der Transportunternehmen. Unterstützt wird der Ausstand von Geschäftsleuten, Ärzten und Rechtsanwälten. Ihr Protest richtet sich primär gegen die Wirtschaftspolitik des sozialistischen Präsidenten Salvador Allende. Am 4. November kann in Santiago de Chile eine neue Regierung gebildet werden, der erstmals auch Militärs angehören. Der als Reaktion auf den Streik ausgerufenen Ausnahmezustand wird wenige Tage später aufgehoben.

Gesellschaft

Nach der Entführung einer Lufthansa-Maschine durch palästinensische Freischärler am 29. Oktober und der daraufhin gestern von der deutschen Bundesregierung verfügten Freilassung der in Bayern inhaftierten Olympia-Attentäter kommt es in der israelischen Öffentlichkeit zu heftigen antideutschen Protesten.

Wetter

Trotz 123 Stunden Sonnenschein kommt es im Oktober 1972 zu keiner nachhaltigen Erwärmung. Die durchschnittliche Lufttemperatur liegt in diesem Monat nur bei 7,3 °C.

Mittwoch 31. Oktober

Technik

Die Sowjetunion startet den Erdsatelliten »Interkosmos 10«. Er hat die Aufgabe, die elektromechanischen Beziehungen zwischen der Magnetosphäre und der Ionosphäre zu untersuchen.

Preise in den 70er Jahren

1 kg Butter	8,36
1 kg Mehl	1,16
1 kg Fleisch	10,15
1 l Vollmilch	1,06
1 Ei	0,22
10 kg Kartoffeln	6,44
1 kg Zucker	1,65
Stundenlohn	10,40

in DM, Stand 1975

Kultur

In Westberlin beginnt als Alternative zu den Jazz-Tagen ein Free-Jazz-Festival. Mit einem Konzert von Peter Brötzmann und Albert Mangelsdorff startet die mehrtägige Veranstaltung. Auch andere Jazz-Größen wie Miles Davis, Duke Ellington und B. B. King sorgen für ausverkaufte Häuser. Nach Ablauf des Free-Jazz-Festivals zieht der Organisator Georg Gruntz eine durchweg positive Bilanz. Der Jazz erlebt nach Jahren der Stagnation zur Zeit eine weltweite Renaissance.

Wetter

Das Wetter im Oktober 1973 präsentiert sich eher unfreundlich. Die durchschnittliche Lufttemperatur beträgt im Vergleich zum langjährigen Mittel von 8,8 °C nur 7,5 °C. Die Sonne zeigt sich immerhin 101 Stunden lang.

Donnerstag 31. Oktober

Politik

Ausgestellte Hosen und viel Schmuck trägt die moderne Frau in den 70er Jahren

Aufgrund von Differenzen mit der Führungsspitze der Sozialdemokratischen Partei, insbesondere hinsichtlich der hanseatischen Finanzpolitik, tritt der Hamburger Bürgermeister Peter Schulz (SPD) von seinem Amt zurück. Nachfolger im Amt wird am 12. November der bisherige Innensenator Hans-Ulrich Klose (SPD).

Politik

Das neue Parteiengesetz nach dem Putsch oppositioneller Militärs Ende April dieses Jahres tritt in Portugal in Kraft. Im Zuge der eingeleiteten Demokratisierungsmaßnahmen dürfen jetzt politische Gruppierungen ins Leben gerufen werden, wenn sie mindestens 5000 Mitglieder nachweisen können. Die ersten Wahlen nach der Revolution von 1974 finden im Jahr 1976 statt.

Wetter

Wenig Sonnenschein und durchschnittliche Lufttemperaturen von 6,6 °C bescheren den Bundesbürgern 1974 einen eher unangenehmen Oktober.

Freitag 31. Oktober

Politik

Der spanische Staatschef Francisco Franco, der seit 39 Jahren als Diktator in Madrid regiert, wird vorläufig von Prinz Juan Carlos in seinem Amt vertreten. Franco ist durch eine schwere Krankheit ans Bett gefesselt.

Politik

Ein Büro der Palästinensischen Befreiungsorganisation (PLO) wird in Paris eröffnet. Es ist die erste PLO-Niederlassung dieser Art.

Voll im Zeitgeschmack: Der Midimantel mit aufgesetzten Taschen für kalte Winter

Gesellschaft

Trotz eines leichten Konjunkturaufschwungs steigt die Zahl der Arbeitslosen in der Bundesrepublik Deutschland auf 1061100, die der Kurzarbeiter auf 710600.

Wetter

Die Bundesbürger träumen von einem goldenen Herbst – der Oktober des Jahres 1975 zeigt sich allerdings mit einer Durchschnittstemperatur von 8,0 °C und nur vereinzeltem Sonnenschein eher von seiner bedeckteren Seite.

Sonntag 31. Oktober

Politik

Die Aufnahme von Koalitionsverhandlungen mit der CDU unter Ministerpräsident Ernst Albrecht billigt der Landeshauptausschuß der FDP in Niedersachsen. Der Spitzenkandidat der Sozialdemokraten, Karl Ravens, kritisiert, daß hierdurch die SPD/FDP-Koalition in Bonn stark belastet werde.

Politik

Nach einen Putsch linksgerichteter Militärs gegen Staatspräsident Michel Micombero in der afrikanischen Republik Burundi übernimmt ein Oberster Revolutionsrat unter Führung von Oberst Jean-Baptiste Bagaza die politische Leitung des Landes.

Politik

Bei Demonstrationen in mehreren indischen Städten kommen rund 70 Menschen ums Leben. Die Demonstranten fordern von der Regierung unter Premierministerin Indira Gandhi die Rücknahme der Verordnung über Zwangssterilisationen.

Wetter

Nur vereinzelte Regenfälle und eine durchschnittliche Lufttemperatur von 9,3 °C bestimmen im Oktober 1976 das Wetter.

Montag 31. Oktober

Technik

In der Rekordzeit von 54 Stunden und sieben Minuten hat ein Jumbo-Jet der US-amerikanischen Fluggesellschaft »Pan Am« die Erde umflogen. Start und Landung waren in San Francisco.

Technik

Für internationales Aufsehen sorgt die gestrige Entdeckung des größten bekannten Uranlagers der Welt. Ein geologisches Forschungsteam der Hamburger Universität fand das Rohstoffdepot im türkischen Teil des Schwarzen Meeres.

Technik

US-amerikanischen Forscher gelingt ein entscheidender Schritt in der Bekämpfung der Gelbsucht. Nach umfangreichen Versuchsreihen stellen sie in New York einen Impfstoff gegen die ansteckende Krankheit her.

Wetter

113 Stunden Sonnenschein und eine angenehme Durchschnittstemperatur von 10,0 °C bestimmen das Wetter im Oktober des Jahres 1977. Die Niederschlagsmenge liegt weit unter dem sonst üblichen Wert.

Dienstag 31. Oktober

Gesellschaft

Die kommunistische Regierung in Budapest lockert die Reisebeschränkungen für ungarische Flüchtlinge, die im westlichen Ausland leben, und ihre in Ungarn verbliebenen Familienangehörigen. Bislang durften Exil-Ungarn nur in Ausnahmefällen ihre alte Heimat aufsuchen.

Stars der 70er Jahre

Robert de Niro
Filmschauspieler
Jane Fonda
Filmschauspielerin
Woody Allen
Filmregisseur
Steven Spielberg
Filmregisseur
Muhammad Ali
Boxer

Politik

Die neue spanische Verfassung nach dem Tod des Diktators Francisco Franco wird vom Parlament in Madrid verabschiedet. Sie schreibt die parlamentarische Demokratie fest und sieht unter anderem die Trennung von Kirche und Staat vor. Als weitere Maßnahme soll die Todesstrafe in Spanien abgeschafft werden.

Wetter

Auch wenn die durchschnittliche Lufttemperatur im Oktober 1978 angenehme 9,9 °C beträgt, sind die Deutschen mit dem Wetter nicht ganz zufrieden, da es im Laufe des Monats immer wieder zu stärkeren Niederschlägen kommt.

1979

Mittwoch 31. Oktober

Politik

Der Landtag in Schleswig-Holstein billigt die Erweiterung der Abgeordnetenzahl von 73 auf 74 Parlamentarier. Die FDP, die SPD und der Südschleswigsche Wählerverband (SSW), die Partei der dänischen Minderheit, stimmen gegen den Antrag. Ab 1983 tritt die Aufstockung in Kraft. Sie soll den SSW von der möglichen Rolle eines »Züngleins an der Waage« bei Abstimmungen und künftigen Regierungsbildungen befreien.

Gesellschaft

Ein deutsch-deutscher Verkehrsvertrag wird in Ostberlin unterzeichnet. Die Übereinkunft sieht die kostenlose Benutzung der Transitautobahnen nach Westberlin und der übrigen Straßen in der DDR gegen eine pauschale Abgeltung der Straßengebühren durch Bonn vor.

Rekorde in den 70er Jahren

100 m: Marlies Göhr (GDR) – 10,88 sec (1977)
Hochsprung: Rosemarie Ackermann (GDR) – 2,00 m (1977)
Weitsprung: Vilma Bardauskiene (URS) – 7,09 m (1970)
800 m: S. Coe (GBR) – 1:42,4 min (1979)

Wetter

Viel Sonnenschein, der jedoch zu keiner Zeit aufwärmende Wirkung hat, gelegentliche Regenfälle und eine eher kühle Durchschnittstemperatur von 7,8 °C bestimmen das Wetter im Oktober 1979.

1980–1989

Highlights des Jahrzehnts

1980

- Golfkrieg zwischen Iran und Irak
- Gründung einer neuen Bundespartei: »Die Grünen«
- Bildung der polnischen Gewerkschaft »Solidarność«

1981

- Attentate auf US-Präsident Ronald Reagan, den Papst und Ägyptens Staatschef Anwar As Sadat
- Erster Start der wiederverwendbaren Raumfähre »Columbia«
- In den USA werden die ersten Fälle von AIDS bekannt
- Hochzeit des Jahres: Der britische Thronfolger Charles, Prince of Wales, heiratet Lady Diana

1982

- Krieg um die Falkland-Inseln
- Sozialliberale Koalition bricht auseinander; Helmut Kohl wird neuer Bundeskanzler
- Selbstjustiz vor Gericht: der »Fall Bachmeier«
- »E. T. – der Außerirdische« wird zum Kinohit

1983

- US-Invasion auf Grenada
- Skandal um gefälschte Hitler-Tagebücher
- Aerobic wird in der Bundesrepublik populär

1984

- Richard von Weizsäcker wird Bundespräsident
- Ermordung von Indiens Ministerpräsidentin Indira Gandhi, Nachfolger wird ihr Sohn Rajiv Gandhi

1985

- Michail Gorbatschow wird neuer Kremlchef
- Sensation: Boris Becker siegt als erster Deutscher in Wimbledon
- »Live-Aid-Concert« für Afrika

1986

- Attentat auf Schwedens Ministerpräsident Olof Palme
- Katastrophe im Kernkraftwerk Tschernobyl
- Explosion der US-Raumfähre »Challenger«
- Premiere des Musicals »Cats« in Hamburg

1987

- Widerstand gegen Volkszählung
- Barschel-Affäre in Kiel
- Matthias Rust landet mit einem Sportflugzeug auf dem Roten Platz in Moskau

1988

- Atommüllskandal in Hessen
- Ende des Golfkriegs
- Geiseldrama von Gladbeck als Medienspektakel
- Dopingskandal überschattet Olympische Spiele in Seoul
- Reagan und Gorbatschow vereinbaren Verschrottung atomarer Mittelstreckenraketen

1989

- Die DDR öffnet ihre Grenzen
- Blutbad auf dem Platz des Himmlischen Friedens in Peking
- Demokratisierungskurs im gesamten Ostblock
- »Exxon Valdez«: Ölpest vor Alaska

◀ **Seit 1983 ganz oben: Das »Material Girl« Madonna**

Freitag 31. Oktober

Gesellschaft

Neue Richtlinien legt der Vatikan für die Rückführung katholischer Priester in den Laienstand fest. Nur noch in Ausnahmefällen will Papst Johannes Paul II. die Laisierung künftig genehmigen.

Gesellschaft

Prinz Resa Kyros Pahlawi, der Sohn des gestürzten Schahs Mohammed Resa Pahlawi, erklärt sich in einer prunkvollen Zeremonie in Kairo zum Herrscher des Irans.

Gesellschaft

Das Herbstgutachten der fünf führenden Konjunkturforschungsinstitute in der Bundesrepublik prognostiziert, daß es 1981 in Deutschland kein Wirtschaftswachstum geben werde. Die Zahl der Arbeitslosen werde sich im kommenden Jahr auf 1,1 Mio belaufen.

Preise in den 80er Jahren

1 kg Butter	9,44
1 kg Mehl	1,36
1 kg Fleisch	11,83
1 l Vollmilch	1,22
1 Ei	0,26
10 kg Kartoffeln	8,84
1 kg Zucker	1,94
Stundenlohn	17,23

in DM, Stand 1985

Wetter

Das Wetter im Oktober 1980 ist eher »durchwachsen«. Die Durchschnittstemperatur liegt bei 8,3 °C, die Sonne scheint 109 Stunden lang.

Samstag 31. Oktober

Politik

Zum neuen Landesvorsitzenden der SPD von Rheinland-Pfalz wird der Mainzer Bundestagsabgeordnete Hugo Brandt mit 143 von 156 Stimmen auf der Landesversammlung seiner Partei gewählt. Er tritt die Nachfolge von Klaus Dohnanyi an. Dohnanyi ist im Juni zum Hamburger Bürgermeister gewählt worden.

Kultur

Die 26. Deutsche Kunst- und Antiquitätenmesse in München bricht alle Rekorde. Nach Angaben der Organisatoren liegt der Besucherschnitt rund 20% über den Erwartungen.

Gesellschaft

Die Zigarettenhersteller sehen sich mit massiven Protesten aus Nichtraucherkreisen konfrontiert. Die Tabakwarenkonzerne begegnen den Kampagnen mit neuen Werbeanzeigen, die als Grundmotiv lebenslustige junge Menschen zeigen.

Wetter

Lediglich 8,6 °C Lufttemperatur beschert der Oktober des Jahres den Deutschen. Die Niederschlagsmenge entspricht dem langjährigen Vergleichswert.

Sonntag 31. Oktober

Gesellschaft

Zu einer zehntägigen Spanienreise trifft Papst Johannes Paul II. in Madrid ein, wo ihn König Juan Carlos und Königin Sofia begrüßen.

Gegen mehrere bundesdeutsche Fleischimporteure ermittelt die Staatsanwaltschaft. Ihnen wird vorgeworfen, australisches Känguruhfleisch als Wild deklariert und an den Einzelhandel weiterverkauft zu haben.

Politik

Auf dem Landesparteitag der schleswig-holsteinischen Sozialdemokraten in Timmendorfer Strand wird der ehemalige Bundesbildungsminister Björn Engholm zum Spitzenkandidaten der SPD für die kommenden Landtagswahlen am 13. März nominiert.

Politik

In Nigeria kommen bei religiösen Unruhen fast 500 Menschen ums Leben. Die Auseinandersetzungen begannen, als die Polizei Mitglieder der radikalen Moslem-Sekte Maiduguri festnehmen wollte.

Wetter

Im Oktober 1982 zeigt sich das Wetter von seiner schönen Seite. Mittlere Lufttemperaturen von 10,4 °C und eine Niederschlagsmenge von 38 mm prägen das Wetter.

Montag 31. Oktober

Politik

Das britsche Unterhaus spricht sich mit 362 gegen 218 Stimmen für die Stationierung der US-amerikanischen Cruise-Missiles aus. Gemäß seiner Entschließung zum sogenannten NATO-Doppelbeschluß vom 28. Mai 1981 bestätigt der Deutsche Bundestag in Bonn die Stationierung der Waffen am 22. November. Teile der bundesdeutschen Öffentlichkeit beurteilen die geplante Nachrüstung als Symptom für eine sich verschärfende Militärstrategie der USA.

Politik

DDR-Staatschef Erich Honecker empfängt eine Delegation des Bundesvorstandes und der Bonner Fraktion der Grünen in Ostberlin. Sie überreichen dem Parteichef einen »persönlichen Friedensvertrag«, der den Verzicht auf gegenseitige Gewaltanwendung und den Abbau von Feindbildern beinhaltet. Die Grünen weisen bei ihrem Gespräch zudem auf die Unterdrückung und Diskriminierung der unabhängigen DDR-Friedensbewegung hin.

Wetter

Die Temperaturen liegen mit 9,2 °C im Oktober 1983 etwas über dem langjährigen Durchschnitt. Es fallen 38 mm Niederschlag.

Mittwoch 31. Oktober

Politik

Die indische Ministerpräsidenten Indira Gandhi wird in Delhi von Angehörigen ihrer eigenen Leibwache erschossen. Als Nachfolger der indischen Regierungschefin übernimmt Sohn Rajiv Gandhi die politische Führung im Land.

Gesellschaft

Die mehrtägige Tagung des Rates für gegenseitige Wirtschaftshilfe (RGW) geht in der kubanischen Hauptstadt Havanna zu Ende. Thema des erstmals außerhalb Europas stattfindenden Treffens der zehn kommunistisch orientierten Staaten ist die Koordinierung der Wirtschaftspläne.

Auffällig unauffällig: So stellt sich die lässige Frau der 80er ihre Mode zusammen

Kultur

Das renovierte Große Haus des württembergischen Staatstheaters in Stuttgart wird feierlich seiner Bestimmung übergeben.

Wetter

Angenehme Lufttemperaturen von 10,4 °C prägen zusammen mit seltenen Regenfällen das Wetter.

Donnerstag 31. Oktober

Technik

Der Großversuch mit »Tempo 100« auf ausgewählten Autobahnstrecken geht in der Bundesrepublik Deutschland zu Ende. Der Test sollte u.a. klären, welche Schadstoffreduzierung mit einem Tempolimit erzielt werden kann. Die Bundesregierung spricht sich aufgrund der Ergebnisse am 19. November gegen ein generelles Tempolimit auf Fernstraßen aus.

Leger und bequem: Herrenmode im Oversize-Stil mit Jackenmantel

Kultur

Die geplante Uraufführung des Stückes »Der Müll, die Stadt und der Tod« des 1982 verstorbenen Filmemachers Rainer Werner Fassbinder in Frankfurt am Main kann nicht stattfinden. Angehörige der jüdischen Gemeinde besetzen die Bühne. Sie demonstrieren gegen ihrer Ansicht nach antisemitische Tendenzen des Werkes.

Wetter

Im Oktober 1985 werden nur 7 mm Niederschlag gemessen. Damit ist der Oktober in diesem Jahr verglichen mit dem langjährigen Mittel von 58 mm ein sehr trockener Monat. Die Durchschnittstemperatur liegt bei 9,2 °C.

Freitag 31. Oktober

Rekorde in den 80er Jahren

1500 m: S. Aouita (MAR) – 3:29,46 min (1985)
Stabhochsprung: Sergej Bubka (URS) – 6,00 m (1985)
100 m: Florence Griffith (USA) – 10,49 sec (1988)
Hochsprung: Javier Sotomayor (CUB) – 2,44 m (1989)

Politik

Japan und die USA treffen ein Übereinkommen zur Stabilisierung des Dollarkurses. Parallel wird die vierte Senkung des Diskontsatzes in Japan bekanntgegeben. Er liegt jetzt nur noch bei 3 %. Die Regierung in Washington erhofft sich von dem Abkommen einen Abbau des japanischen Exportüberschusses in den Vereinigten Staaten.

Gesellschaft

Der Deutsche Gewerkschaftsbund (DGB) gibt bekannt, daß die gewerkschaftseigene Bank für Gemeinwirtschaft (BfG) an die Aachener und Münchener Versicherungsgruppe verkauft werden soll. Nach Angaben des DGB steht die Veräußerung nicht im Zusammenhang mit dem Skandal um die »Neue Heimat«, sondern erfolgt aufgrund einer Verfügung des Bundeskartellamtes. Der Kaufpreis soll 1,9 Milliarden DM betragen.

Wetter

Mit 9,2 °C liegt die durchschnittliche Lufttemperatur im Oktober 1986 über dem langjährigen Mittel von 8,8 °C.

Samstag 31. Oktober

Politik

Die Regierungskrise in Syrien weitet sich aus. Vier Minister verlieren wegen des Verdachtes der Korruption und aufgrund von »Ineffizienz« ihre politischen Ämter.

Gesellschaft

Die Organisationen der Kriegsopfer und Kriegsveteranen der Bundesrepublik Deutschland und der Sowjetunion beschließen eine engere Zusammenarbeit. Geplant sind u. a. ein regelmäßiger Informationsaustausch sowie gegenseitige Besuche.

Politik

Während seines einwöchigen Staatsbesuches in der Bundesrepublik Deutschland betont U San Yu, das Staatsoberhaupt der sozialistischen Republik Birma, die guten bilateralen Beziehungen der beiden Länder

Wetter

142 Stunden scheint die Sonne im Oktober 1987 auf Deutschland nieder und beschert den Bundesbürgern eine für diese Jahreszeit angenehme Durchschnittstemperatur von 9,6 °C. Nennenswerte Niederschläge sind nicht zu verzeichnen.

1988

Montag 31. Oktober

Gesellschaft

Der Lebensmittelkonzern Kraft wird für umgerechnet 23,5 Milliarden DM von dem US-amerikanischen Tabakunternehmen Philip Morris übernommen.

Stars der 80er Jahre

Richard Gere
Filmschauspieler
Madonna
Sängerin
Harrison Ford
Filmschauspieler
Jodie Foster
Filmschauspielerin
Michael Jackson
Sänger

Gesellschaft

Das Gesundheitsministerium in Paris fordert das Arzneimittelunternehmen Roussel Uclaf, das die sogenannte Abtreibungspille »RU 486« entwickelt hat, auf, ihr Produkt auf den Markt zu bringen.

Gesellschaft

In einem Bericht des Staatlichen Planungskomitees, der in Moskau veröffentlicht wird, wird der Modernisierung der sowjetischen Konsum- und Nahrungsmittelindustrie Priorität eingeräumt.

Wetter

1988 zeigt sich der Oktober von seiner schönen Seite. Mit durchschnittlichen Lufttemperaturen von 9,9 °C und einer Niederschlagsmenge von 20 mm genießt Deutschland ein mildes Herbstklima.

Dienstag 31. Oktober

Technik

Das ungarische Parlament beschließt aus Umweltgründen das endgültige Aus für das umstrittene Donaukraftwerk Nagymaros.

Politik

SED-Chef Egon Krenz trifft zu einem zweitägigen Antrittsbesuch in Moskau ein. Der Nachfolger des am 18. Oktober zurückgetretenen Erich Honecker erteilt einer Parteienvielfalt in der DDR und einer Wiedervereinigung eine klare Absage.

Politik

Das türkische Parlament wählt den seit 1983 amtierenden Regierungschef und Vorsitzenden der Mutterlandspartei, Turgut Özal, für eine siebenjährige Amtszeit zum Staatspräsidenten. Die Opposition boykottiert die Abstimmung. Sie bezeichnet die Wahl als Verstoß gegen die Verfassung, da das Staatsoberhaupt parteilos sein müsse.

Wetter

Traumhafte 10,9 °C herrschen durchschnittlich im Oktober 1989 in Deutschland. Obwohl es gelegentlich zu Regenschauern kommt, genießen die Deutschen das gute Wetter.

INAUGURATION OF
PRESIDENT

1990–1996

Highlights des Jahrzehnts

1990

- Wiedervereinigung Deutschlands
- Südafrika: Nelson Mandela nach 27jähriger Haft freigelassen
- Irakische Truppen überfallen das Emirat Kuwait
- Gewerkschaftsführer Lech Walesa neuer polnischer Präsident
- Litauen erklärt Unabhängigkeit
- Deutsche Fußballnationalelf zum dritten Mal Weltmeister
- Star-Tenöre Carreras, Domingo und Pavarotti treten gemeinsam auf

1991

- Alliierte befreien Kuwait und beenden Golfkrieg
- Auflösung des Warschauer Pakts
- Bürgerkrieg in Jugoslawien
- Auflösung der Sowjetunion – Gründung der GUS
- Sensationeller archäologischer Fund: »Ötzi«
- Vertrag von Maastricht
- Sieben Oscars für Kevin Costners »Der mit dem Wolf tanzt«
- Bürgerkrieg in Somalia
- Frieden im Libanon

1992

- Abschaffung der Apartheid-Politik in Südafrika
- Entsendung von UNO-Blauhelmsoldaten nach Jugoslawien
- Tod des ehemaligen Bundeskanzlers Willy Brandt
- Bill Clinton zum 42. US-Präsidenten gewählt
- In Hamburg wird mit Maria Jepsen zum ersten Mal eine Frau Bischöfin
- Fertigstellung des Rhein-Main-Donau-Kanals

1993

- Teilung der ČSFR in die Tschechische und die Slowakische Republik
- Rechtsradikale Gewaltakte gegen Ausländer
- Gaza-Jericho-Abkommen zwischen Israel und der PLO
- Skandal um HIV-Blutplasma
- Einführung von fünfstelligen Postleitzahlen im Bundesgebiet
- Sexskandal um Pop-Star Michael Jackson

1994

- Nelson Mandela erster schwarzer Präsident Südafrikas
- Fertigstellung des Eurotunnels unter dem Ärmelkanal
- Über 900 Todesopfer beim Untergang der Fähre »Estonia«
- Abzug der letzten russischen Truppen aus Berlin
- Michael Schumacher erster deutscher Formel-1-Weltmeister

1995

- Weltweite Proteste gegen französische Atomversuche im Pazifik
- Giftgasanschlag in Tokio
- Einführung von Pflegeversicherung und Solidaritätszuschlag
- Verpackungskünstler Christo verhüllt den Berliner Reichstag
- Ermordung des israelischen Regierungschefs Yitzhak Rabin
- Friedensvertrag für Bosnien

1996

- Arafat gewinnt Wahlen in Palästina
- IRA kündigt Waffenstillstand auf
- 100 Jahre Olympia: Jubiläumsspiele der Superlative in Atlanta

◀ **Der Präsident spielt Saxophon: Bill Clinton feiert 1993 die Amtseinführung**

Mittwoch 31. Oktober

Politik

Das Bundesverfassungsgericht in Karlsruhe erklärt das kommunale Wahlrecht für Ausländer einstimmig für verfassungswidrig. Entsprechende Bestimmungen in Schleswig-Holstein und Hamburg müssen rückgängig gemacht werden. Die Richter folgen in ihrem Urteil den Klagen der CDU/CSU-Bundestagsfraktion und der bayerischen Staatsregierung. Das Wahlrecht für Ausländer verstoße gegen Artikel 116 GG, der das Volk als »Gesamtheit der ansässigen Deutschen« interpretiert.

Rekorde in den 90er Jahren

Weitsprung: Mike Powell (USA) – 8,95 m (1991)
110 m Hürden: Colin Jackson (USA) – 12,91 sec (1993)
Skifliegen: E. Bredesen (NOR) – 209 m (1994)
Dreisprung: J. Edwards (GBR) – 18,29 m (1995)

Politik

Bei der Offenlegung des Vermögens der ehemaligen Blockparteien der DDR beziffert die CDU das Vermögen der früheren Ost-CDU und der Bauernpartei auf 13 Mio. DM. Generalsekretär Völker Rühe erklärt den Verzicht seiner Partei auf die Werte.

Wetter

160 Sonnenstunden, nur sehr vereinzelt auftretende, kurze Regenschauer und durchschnittliche Lufttemperaturen von 10,5 °C erlauben den Deutschen, sich noch häufig im Freien aufzuhalten.

Donnerstag 31. Oktober

Politik

Die ersten freien Parlamentswahlen in Sambia seit dem Jahr 1968 enden mit einer schweren Niederlage für den amtierenden Staatspräsidenten Kenneth Kaunda. Neuer Staatschef wird am 2. November der Gewerkschaftsführer Frederick Chiluba. Ein Hauptthema des Wahlkampfes war die desolate Wirtschaftslage des schwarzafrikanischen Kleinstaates.

Politik

Auf Madagaskar werden die seit Monaten anhaltenden, zum Teil mit militärischen Mitteln geführten Auseinandersetzungen zwischen der Regierung und dem Oppositionsbündnis CFV beigelegt. Im Zuge der innenpolitischen Unruhen rief die CFV eine Gegenregierung aus. Die Proteste richten sich vor allem gegen Präsident Ratsiraka.

Preise in den 90er Jahren

1 kg Butter	8,20
1 kg Mehl	1,21
1 kg Fleisch	12,85
1 l Vollmilch	1,33
1 Ei	0,27
10 kg Kartoffeln	10,30
1 kg Zucker	1,92
Stundenlohn	24,91

in DM, Stand 1993

Wetter

Mit 9,5 °C liegt die durchschnittliche Lufttemperatur im Oktober 1991 knapp unter dem langjährigen Mittel von 9,8 °C. Es kommt gelegentlich zu Niederschlägen.

1992

Samstag 31. Oktober

Kultur

Der Physiker und Philosoph Galileo Galilei wird 350 Jahre nach seinem Tod von der katholischen Kirche offiziell rehabilitiert. Papst Johannes Paul II. gesteht öffentlich ein, daß die Inquisition Galilei zu Unrecht zum Widerruf gezwungen hat. Der Wissenschaftler hatte zu Lebzeiten geäußert, daß sich die Erde um die Sonne drehe. Der Papst führt aus, daß die Richter der Kurie »guten Gewissens« gehandelt hätten.

Stars der 90er Jahre

Kevin Costner
Filmschauspieler
Julia Roberts
Filmschauspielerin
Whitney Houston
Sängerin
Michael Schumacher
Rennfahrer
Luciano Pavarotti
Sänger

Politik

Die drei Konfliktparteien in Bosnien-Herzegowina akzeptieren den am 28. Oktober vorgelegten »Vance-Owen-Plan«. Serbenführer Karadžić macht jetzt allerdings einen Rückzieher mit der Begründung, das Papier könne höchstens als Verhandlungsgrundlage angesehen werden.

Wetter

Der Oktober 1992 zeigt sich eher von seiner kühlen Seite. Seine durchschnittliche Lufttemperatur von 7,4 °C liegt deutlich unter dem langjährigen Mittelwert (9,8 °C).

Sonntag 31. Oktober

Kultur

Die Kinofans in aller Welt trauern um den italienischen Filmregisseur Federico Fellini. Er stirbt im Alter von 73 Jahren an Herzversagen in Rom. Fellini gehörte in der internationalen Filmbranche zu den eigenwilligsten und kreativsten Künstlern. Der Mitbegründer des sog. Neorealismus setzte nach dem Zweiten Weltkrieg auch die Tradition des italienischen Unterhaltungskinos fort – die Alltagsnöte der Menschen waren das Hauptthema seiner Produktionen. Zu Fellinis berühmtesten Werken gehören »La strada«, »La dolce vita«, »Roma«, »E la nave va« und »Ginger und Fred«.

Gesellschaft

Aufgrund der langanhaltenden Trockenheit kommt es in Los Angeles zu verheerenden Waldbranden. In den Außenbezirken werden 50 Menschen verletzt und rund 700 Häuser zerstört. Das vom Wind immer neuentfachte Feuer zerstört in Südkalifornien 50 000 ha Wald und Ackerfläche.

Wetter

Durchschnittliche 9,1 °C Lufttemperatur bestimmen im Oktober 1993 das Wetter in Deutschland. Niederschläge treten nur selten auf, die Sonne zeigt sich häufig.

Montag 31. Oktober

Krawatte ist kein Muß mehr: Anzug mit zweireihigem Sakko

Politik

Der ehemalige schleswig-holsteinische Ministerpräsident und SPD-Bundesvorsitzende Björn Engholm kündigt an, sein Landtagsmandat niederzulegen. Als Grund für die Entscheidung nennt Engholm die wachsende öffentliche Kritik an seinem umstrittenen Beratervertrag für ein Stromversorgungsunternehmen. Der Politiker verwirklicht seine Ankündigung am 7. November.

Gesellschaft

Die russischen Tageszeitungen analysieren die Entscheidung in der Staatsduma: Bei der Debatte über den Haushaltsentwurf 1995 scheiterte ein Mißtrauensantrag der Opposition gegen Ministerpräsident Wiktor Tschernomyrdin. Tschernomyrdin gilt als Marktwirtschaftler und hält eine strikte Finanzpolitik für unausweichlich, soll die ökonomische Umgestaltung hin zum Markt gelingen.

Wetter

Trotz 167 Stunden Sonnenschein im Oktober 1994 erreicht die durchschnittliche Lufttemperatur nur 8,2 °C.

Dienstag 31. Oktober

Politik

Das internationale Jugoslawien-Tribunal im niederländischen Den Haag will wegen der Massaker an Muslimen nach der Eroberung der UNO-Schutzzone Srebrenica durch bosnische Serben im Juli 1995 Anklage erheben. Im Zuge der Attacken sollen Tausende von Muslimen getötet worden sein.

Technik

Der Brand in einem U-Bahn-Tunnel in Baku beschäftigt weltweit die Tageszeitungen. Die Katastrophe am 28. Oktober forderte 289 Tote und 269 Verletzte. Die vermutete Ursache ist ein Defekt, der den Antriebsmotor eines Wagens in Flammen aufgingen ließ. Da der Fahrer die Bahn anhalt und nicht zur nächsten Station weiterfährt, bricht Panik aus.

Für die heißen Sommer der 90er Jahre: Kleid mit Bustieroberteil

Wetter

Spätsommerlich heiß ist der Oktober 1995. Seine mittlere Lufttemperatur liegt mit 12,4 °C weit über dem langjährigen Vergleichswert von 9,8 °C. Dementsprechend gering ist der Niederschlag: Bei 145 Stunden Sonnenschein fallen nur 6 mm Regen (langjähriges Mittel: 42 mm).

Donnerstag 31. Oktober

Freitag 31. Oktober

Montag 31. Oktober

Luise Ullrich

***31.10.1910, Wien**

Die Tochter eines k. u. k. Offiziers und einer Konzertgeigerin machte sich zunächst am Theater einen Namen. Anfang der 30er Jahre wurde der Film auf das »natürlich-frische junge Mädchen« aufmerksam. Auf der Biennale 1941 wurde Luise Ullrich als beste Schauspielerin ausgezeichnet. Der spätere Wechsel vom jugendlichen Typ zu den Frauen- oder Mutterrollen des Charakterfachs gelang ihr ohne Problem. Bis ins hohe Alter stand Luise Ullrich auf der Theaterbühne sowie in Film- und TV-Produktionen »ihre Frau«. Sie verstarb 1985.

Donnerstag 31. Oktober

Jean Améry

***31.10.1912, Wien**

Der österreichische Schriftsteller Jean Améry war zeitlebens von seinen Erlebnissen in den nationalsozialistischen Konzentrationslagern und im belgischen Widerstand gegen die NS-Besatzung geprägt. Als Journalist und Essayist setzte er sich vor allem mit Sartres philosophischer Grundidee des Existenzialismus auseinander. Eines seiner bekanntesten Werke ist »Jenseits von Schuld und Sühne«. In seinem Diskurs »Hand an sich legen« schilderte er 1976 den Selbstmord als letzte Form der menschlichen Freiheit. Jean Améry starb 1978 durch Freitod.

Sonntag 31. Oktober

Fritz Walter

***31.10.1920, Kaiserslautern**

Fritz Walter ist zweifellos einer der berühmtesten Namen der deutschen Fußballgeschichte. Er war der Kapitän der »Helden von Bern«, die am 4. Juli 1954 die ungarische Nationalmannschaft mit 3:2 Toren bezwangen und erstmalig den Titel des Fußballweltmeisters nach Deutschland holten. Der 61fache Nationalspieler wurde für seine sportlichen Verdienste vom DFB zum Ehrenspielführer der Nationalelf ernannt, sein Verein, die » Roten Teufel vom Betzenberg«, benannte ihm zu Ehren sein Stadion in »Fritz-Walter-Stadion« um.

Mittwoch 31. Oktober

August Everding

***31.10.1928, Bottrop**

August Everding gilt als einer der international anerkanntesten Opern- und Schauspielregisseure. Er übt insbesondere als Generalintendant der Bayerischen Staatstheater seit 1982 einen überragenden Einfluß auf die deutsche Kulturszene aus. Everding widmet sich im Bereich der Sprechtheaterinszenierungen vor allem zeitgenössischen Dramatikern. Im Bereich der Oper feiert er weltweit Erfolge. Seine Richard-Wagner-Inszenierungen u. a. in New York und London beeindruckten Publikum und Fachpresse gleichermaßen.

Samstag 31. Oktober

Marco van Basten

***31.10.1964, Utrecht (Niederlande)**

Der niederländische Fußballprofi zählt zu den absoluten Spitzenstars seiner Branche. Kaum ein anderer Kicker konnte so viele sportliche Erfolge feiern und persönliche Auszeichnungen für sich verbuchen: Er war mehrfach Weltfußballer und Europas Fußballer des Jahres, mit dem Oranje-Team wurde er 1988 Europameister, mit seinem Verein war er Europacup- und Weltcup-Sieger. Van Bastens Trainer bei Ajax Amsterdam und dem italienischen Erstligisten AC Mailand lobten übereinstimmend seine überragenden Stürmerqualitäten.

Impressum

Autor:	Carsten Wember, Dortmund
Redaktion:	Andreas Schieberle, Schwerte
Bildredaktion:	Sonja Rudowicz
Umschlaggestaltung und Layout:	Pro Design, München
Satz:	IMPULS, Hattingen
Druck:	Brepols, Turnhout

Abbildungsnachweis: Horstmüller, Düsseldorf: 130; Interfoto, München: 128, 129, 131; Werek, München: 132.
Modefotos: 1900-30er Jahre, Damenmode 40er Jahre, Damenmode 50er Jahre: Bertelsmann Lexikon Verlag, Gütersloh; Modefotos Herrenmode 40er Jahre, Herrenmode 50er Jahre, 60er-90er Jahre: Prof. Dr. Ingrid Loschek, Boxford.
Alle übrigen Abbildungen: Bettmann Archive/UPI/Reuters/John Springer Coll. New York.

Trotz größter Sorgfalt konnten die Urheber des Bildmaterials nicht in allen Fällen ermittelt werden. Wir bitten gegebenenfalls um Mitteilung.

ISBN 3-577-31031-6

Vom 1. Januar bis zum 31. Dezember

Individuelle Bücher – für jeden Tag des Jahres eines. Mit allen wichtigen Ereignissen, die sich genau an diesem besonderen Tag während der Jahre unseres Jahrhunderts zugetragen haben. Doch trotz all der großen Ereignisse des Weltgeschehens – es gibt immer auch persönlich wichtige Daten für jeden einzelnen Menschen, sei es ein Geburtstag, Hochzeitstag, Erinnerungstag oder der Tag, an dem eine entscheidende Prüfung bestanden wurde. So wird aus einem Tag im Spiegel des Jahrhunderts zugleich auch ein »persönlicher« Tag. Und endlich gibt es für all diese Anlässe das richtige Buch, das passende Geschenk!

Persönliches Horoskop

Was sagen die Sterne zu den jeweiligen Tagen? Außerdem erfahren Sie, welche bekannten Menschen unter dem gleichen Sternzeichen geboren wurden.

Ein ganz besonderer Tag

Hier erfahren Sie, was genau diesen Tag zu einem ganz besonderen Tag macht.

Die Ereignisse des Tages im Spiegel des Jahrhunderts

Von 1900 bis zur Gegenwart werden die Fakten des Weltgeschehens berichtet, pro Jahr auf einer Seite! Mit Beginn jedes Jahrzehnts wird die Dekade kurz in der Übersicht dargestellt. Aufgelockert sind die Fakten durch viele Abbildungen und Illustrationen.

Geburtstage berühmter Persönlichkeiten

Berühmte Personen, die an diesem besonderen Tag Geburtstag haben, finden sich mit ihrem Porträt und kurzer Biographie wieder.

Die persönliche Chronik

366 individuelle Bände
je 136 Seiten mit
zahlreichen Abbildungen
Gebunden

In allen Buchhandlungen

CHRONIK-BIBLIOTHEK DES 20. JAHRHUNDERTS

Von 1900 bis zur Gegenwart

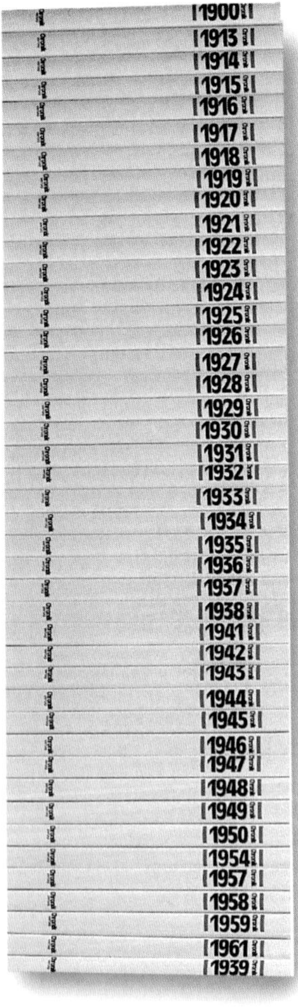

Die »Chronik-Bibliothek« ist die umfassende Dokumentation unseres Jahrhunderts. Für jedes Jahr gibt es einen eigenen, umfangreichen und zahlreich – überwiegend farbig – bebilderten Band. Tag für Tag wird dabei das Weltgeschehen in Wort und Bild nachgezeichnet – jetzt lückenlos bis in die Gegenwart. Sie können das jeweilige Jahr in chronologischer Folge an sich vorüberziehen lassen, aber die »Chronik« auch als Nachschlagewerk oder als Lesebuch benutzen. Ein prachtvolles Geschenk – nicht nur für Jubilare. Und wer die »Chronik-Bibliothek« sammelt, erhält ein Dokumentationssystem, wie es in dieser Dichte und Genauigkeit sonst nicht zu haben ist.

Chronik
1995
Tag für Tag in Wort und Bild
Chronik